装備製作系チートで異世界を自由に生きていきます 9

Author: tera

Illustration: 三登いつき

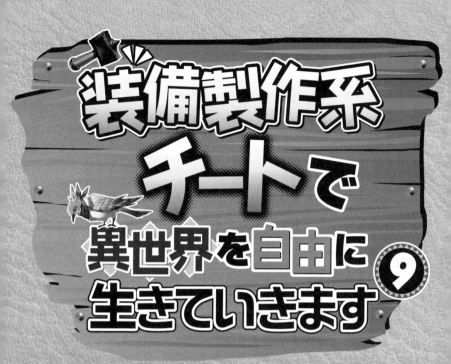

トウジ（秋《あき》野《の》冬《とう》至《じ》）
本編の主人公。29歳。
元フリーターで異世界召喚に
巻き込まれる。
ネーミングセンスが適当。
イグニール
冒険者の女性。24歳。
強力な炎の魔法を操る。
母の形見の杖を愛用する。
ポチ
コボルト。
トウジのサモンモンスター。
毛並みが良くコボルト界では
イケメン。

優斗《ゆうと》
異世界召喚された勇者。
高校生。爽やかスマイルを
振り撒くハンサム青年。
ラブ
ダンジョン「断崖凍土」の
管理者代行。
自称、愛情の守護者。
すぐにお腹を壊す。
ジュノー
ダンジョンコア。
パンケーキが大好き。
かなりの天然系。
登場人物紹介
MAIN CHARACTERS

第一章　休日、全自動分解機！

飛行船の建造に携わるオスローの失踪《しっそう》事件が解決し、久しぶりに落ち着いた俺――秋野冬至《あきのとうじ》は、休みの日を利用して、パンケーキ好きのダンジョンコア、ジュノーが作ったダンジョンに籠《こも》り、日課にプラスして色々やることにした。

職人技能各種のレベル上げはもちろんのことだが、先に大量に作り置きしていた装備類の強化と合成を行うことにする。

これがもう尋常《じんじょう》ではない数を確保しているため、全てをこなすにはまとまった時間が必要なのだ。

潜在能力のついた装備を成功確率30％のスクロールにて強化、全て成功するまで延々と繰り返し、さらに合成で新しい潜在能力をつける。

この時、良い潜在能力を引ければ、等級を上げるためにダンジョン内に放置して熟成させることが可能なのだが……しょぼい潜在能力を引いてしまった場合、分解して最初からやり直しとなる。

「狙い目は……全ステータス上昇の潜在能力だな……」

装備に関してはこの潜在能力が一番良く、次点は耐久力を向上させるＶＩＴの潜在能力だ。魔法スキルは俺には使えないから、そこの補正はいらない。

炎魔法を操る冒険者イグニール用の装備であれば、ＩＮＴメインで強化した方が良いけど。

「……うーん、ダメだ。ダメだ、ダメだ、ダメだ！」

頭の中で理想の装備を思い描きながら、空き部屋の床にあぐらをかいて黙々と作業を進めていた俺は、悪態《あくたい》を吐《つ》きながら頭を掻《か》き毟《むし》った。

「どうしたし？」

わざわざ俺の枕を持ってきてクッション代わりにし、隣でゴロゴロし始めたジュノーが、お菓子を食べながら呑気《のんき》に俺の顔を見上げる。

人の枕を地べたに置いて、その上でお菓子をバリボリ食べるとは、こいつ……。

「強化が上手くいかん」

「どういうことだし？」

彼女の罪深い行動は一旦忘れて、俺はストレスを吐き出すように話す。

「成功の確率が30％で、それを七回やらなきゃいけないんだが、失敗するんだ」

「大変だね、トウジ……でも失敗するのは当たり前だし？」

「ぐっ、そうだけど」

ジュノーにしては正論を言うじゃないか。

ちなみに強化に失敗した装備は分けておくために、インベントリには入れずに部屋の隅に適当に転がしている。

インベントリはスタック持ちできるのは良いのだが、成功したものと失敗したものの違いがわからなくなってしまうからだ。

一応能力がこれっていうものをイメージしながら取り出せば大丈夫だが、失敗品は多種多様過ぎてイメージしながら取り出すことは不可能なのである。

故《ゆえ》に、広い部屋に移動して、そこを作業部屋にしていた。

振り返ると、強化に失敗してしまった装備が部屋の至るところに転がっている。

「いや、転がってるというより、積み上がってるだな」

スクロールは失敗すると50％の確率で破壊されるので、成功率30％のスクロールで強化した場合失敗した七割の半分、つまり強化に挑戦した全装備のうちの35％がここに積み上がっていることになる。

理論的には１０００個以上作った装備のうち、３５０個程度のはずだ。

だけどパッと見て５００個以上に思えるから、今日の強化運はすこぶる悪いってことになる。

「はぁ……ついてないなあ……」

「ねえ、あの残骸《ざんがい》もっとスマートにできないし？」

ゴミ山を見ながらジュノーが顔を顰《しか》めて苦言を呈《てい》す。

「無理だよ。数にものを言わせるのが成功への道だから」

成功率100%のスクロールを使えばこんな結果にはならない。

しかし成功率の高いスクロールは上昇値が低いのだ。

作るのならば、最強の装備の方がロマンがあって良いじゃないか。

現状、装備の素材はほとんど無限に集められるといっても過言ではない。

「俺は並の強化には興味ありません」

手間をかけてでも最強の装備を作るんだ！

絶対に諦めないんだ！

ネトゲ廃人だった過去の悪い癖が如実《にょじつ》に出ているかもしれないが、妥協を許さないことは今後の生活の安全に大きく関わるので許して欲しいところである。

「はあ……なんだって良いけど、こんな量よくやれるし」

「そこはまあ、慣れだよ、慣れ」

「慣れでここまでやれるしー？　ずーっと同じ作業の繰り返しだし？」

「でもジュノーだって、パンケーキは飽きずに無限に食べられるだろ？」

「うんっ！　好きだからっ！」

積み上げられた残骸を見て辟易《へきえき》していたジュノーは、パンケーキの話題になると一気に笑顔を取り戻す。

食べてもいないのに、ワードだけで満面の笑みになるとは、さすがパンケーキ師匠。

「それと同じで、俺も好きだからやってんの」

「へ〜、変わった趣味だし」

「……」

こいつに変わっていると言われてしまったら、なんだかもう終わりな気がした。

もう放っておいて強化の続きを頑張ろう。

期待値で語るなら、1000回作れば350個は成功したものが残る。

これを1000個溜まるまで繰り返し、二度目の挑戦を行うのだ。

この工程を何度も何度も行うことによって、30%の確率を七回全て乗り越えた最高傑作が出来上がる。

「絶対に不可能じゃない、数をこなすだけの簡単な作業だ。今日中に一気にやってしまうぞ!」

「わかったけどトウジ、このゴミの山どうするし?」

はいはいわかりましたとばかりに溜息を吐きながら、後ろを指さすジュノーである。

「うーん、確かに千どころか万単位の作業になりそうだからなあ……」

広い部屋を使って作業をしているとしても限度はある。

ジュノーは、ダンジョン内部がゴミ装備で散らかるのは嫌っぽい。

「あ、そうだ」

あとで1個1個分解するのは大変だなと思ったので、俺はアレを作ることにした。

「ジュノー、仕事をやろう」

「仕事？　なになに？　とりあえず話を聞かせてくれし」

とりあえず話を聞かせてくれとか、俺の受け売りかよ……まあいいや。

作業の手を止めて、一旦錬金術の職人技能で別のものを作る。

作ったものは、【巨匠】級分解機だ。

「……？　なんだし、これ……？」

黄色だか紫だかの禍々《まがまが》しい色合いに変化し続ける水溶液で満たされたガラス製の巨大な瓶に、アイテムの投入口と排出口が取り付けられた装置。

その装置を前にして、ジュノーが口をあんぐりとさせて首を傾《かし》げる。

「ジョウロ……？」

「分解機だよ」

「分解機？」

説明しよう。

分解機とは錬金術の技能を持たなかったり、持っていても技能レベルが低かったりするプレイヤーでも、お金を払うことで入れたものの分解ができる素晴らしい装置なのである。

レベルの高い装備は、技能レベルが低いプレイヤーには分解できないことがあるので、そのお助け装置として分解機というものがある。

毎日同じ時間帯、同じ場所にこれを置いておくと、勝手に知らないプレイヤーたちが集まって、待ち合わせ場所に使われ始めるなんてこともあったなあ。

小金も稼げるし、あの人は分解機を置いてくれる良い人、なんて感じに受け取られるので、自尊心を満たすためだけにやっていたことがある。

「一回の分解で100ケテルかかるけど、まとめて処分できるから楽だよ」

これの利点は、他のプレイヤーでも利用できるという点だ。

つまり、俺じゃなくても分解ができるということ。

ジュノーの仕事とは、ゴミ山をこれで一気に処分することなのである。

「わああ！　トウジがやってることができるし？　どうやって使うし？」

「硬貨と一緒に装備を入れたら勝手に分解されて出てくるよ」

実際に銅貨を一枚入れて、次に装備を一つ投入口に放り込む。

すると、シュウウウと音を立てながら水溶液の中に入った装備が消えていき、元となった素材の一部や分解による副産物へと変わり、排出口からポンッと飛び出した。

「おおぉ〜〜〜〜〜〜っ！」

その様子を見て、ジュノーは目をキラキラと輝かせている。

「次あたし！　あたしがやる！　やるし！　やらせろしっ！」

「ほいほい、頼むぞー」

分解にケテルを消費するが、手間をかなり省けるのは楽だ。

最初からこれを作っておけば良かったのかもしれない。

「おおおお！　面白いし！　これ、パンケーキ入れたらどうなるし？」

「やめておいた方が良いと思うけど」

元になった材料が吐き出されるとは思うが、還元率は１００％ではない。

確実に量が減った状態で出てくるのだ。

つーか食べ物で遊ぶなもったいない、ポチが見たらキレる。

しかし、ゲームでは装備類しか分解できなかったが、異世界では何でもありのゴミ処理機として機能してしまう。

分解機を用いたゴミ処理機能を、このダンジョンに構築するのはどうだろうか。

異世界の人々が普通に使えるのならば、ゴミ回収でも一儲けできそうである。

ただのゴミでも分解機を通せば何かしらのアイテムになるから、ウハウハだ。

とりあえず果てしない強化と合成の作業が一段落したら考えよう。


「おわったぁー！」

「おう、お疲れさん」

ググーッと背伸びをするジュノーに労《ねぎら》いの言葉をかける。

そう、俺はついに粗方《あらかた》の作業を済ませたのだ。

無限に続くかと思われた、強化と合成による潜在能力の厳選を終わらせたのである。

途中でスクロールが足りなくなりそうだったのだが、俺が大量に買ったので、デプリの上層部が勘違いして大量に刷《す》りまくった勇者の本を分解してことなきを得た。

「終わってみれば、今回の強化運は微妙だったなあ」

まあ、こういう日もある。

数にものを言わせれば、いずれ成功するだけマシだ。

おかげでインベントリ内もかなりスッキリした。

さらなる高みを目指すには、より膨大な時間が必要だが、また毎日採掘して、コツコツ次の分を溜めようか。

「疲れたから甘いものが食べたいし！」

「ポチに言えば作ってくれるだろ」

「今日の食後のデザートは十段パンケーキでいいし？　いいし？」

かなり働いたぞ、と言いたげなオーラで擦《す》り寄《よ》ってくるジュノー。

「うーん……」

あまり甘やかすのもどうかと思うが……。

「頑張りを見るし！　トウジも快適になったし！」

「じゃあ、今日だけ特別な」

「わーい！」

長時間の作業の結果、大量に出てしまうゴミ装備をジュノーはせっせと分解機につっこんで、さらにはダンジョンで一度吸収し、素材ごとに分けてくれた。

さすがダンジョンコア、万能としか言えない能力である。

十段重ねという頭の悪いパンケーキも今日だけは許そうか。

「うーむ、この部屋の下にもう一段層を作った方が良いかな？」

部屋の隅に設置した分解機を見ながら思考を巡らせる。

「なんでだし？」

「滑《すべ》り台形式にして、その下に分解機の投入口をセットすれば、いちいち手で持って入れに行かなくても勝手に分解できるんじゃないかなと思ってね」

分解された素材はダンジョンで吸収してカテゴリー別に分ければ、放り込むだけの全自動分解機の完成だ。

「おお～！　トウジなかなかやるじゃん！」

「へへ、伊達《だて》にネトゲ廃人してないぜ」

俺が唯一誇れる部分はそれくらいなもんだ。

「でも滑り台にしなくても、そこに置いたらダンジョンの中を移動して勝手に挿入口に落とすようにできるから、いちいち分けなくても大丈夫だし！」

「そうなの？」

「うん！　そこで見てるし！」

元気に頷いたジュノーが腕をかざすと、分解機がグググとダンジョンの床に吸い込まれた。

そして壁際にズオオオと半分めり込んだ形で出現する。

「えっとねー、ここに全部集まって入ってー」

「ふむふむ」

「出てきたものはこっちで集まってー」

「なるほど」

「で、反対の壁に棚を作ってそこに勝手に出てくるようにして……できた！」

「おおおおっ！」

あっという間に、部屋の半分にゴミを置くと勝手に分解されて、反対側の壁際に作られた棚に吐き出されるという全自動分解機が作り出されてしまった。

ダンジョンコア……本当に恐ろしい子！

「よくわからない素材は、その他ってところの棚に適当に分けてもいい？」

「うん、バッチリだ。偉いぞ」

「えへへー……」

珍しく有能な働きをしたジュノーの小さな頭を指先で優しく撫《な》でてやると、彼女はくすぐったそうに首をすくめて喜んでいた。

試しに適当な装備を作ってゴミ置き場に投げ込んでみる。

「おおお！」

ズズズと地面に吸い込まれて分解機の中に入ったのが確認でき、そのまま分解されて種別ごとの棚に素材がしっかりと分けられて出現した。

ソート機能も完璧じゃないか！

大量に狩った魔物も、ここに適当に投げ込むだけで勝手に分解されて出てくる。

必要なお金は事前に入れておけば本当に全自動分解機。

「今日のジュノーは、スーパージュノーだな」

「本当!?　だったらバニラアイスも所望するし!!」

「ポチに伝えておくけど……バニラが残り少なかったら諦めろよ？」

デザートにフル活用した結果、もらった分は枯渇《こかつ》しかけているのだ。

俺だって今のジュノーにはバニラアイスを食べさせてあげたいけど、ないものはない。

「むー……どこにあるし、バニラ！」

「確かタリアスって国にあるダンジョンだってラブが言ってたような……」

「だったら今すぐそこに取りに行くし！　うちで育てるし！」

「飛行船ができてからだな」

長距離の移動は、できる限り飛行船が完成してから行いたい。

その前に、タリアスのダンジョンコアについて、断崖凍土《だんがいとうど》のダンジョン管理者代行であるラブに聞いておかなければならない。

話が通じる相手なのか、そうじゃないのか。

穏便に済むのならば、いちいち大変な思いをしなくてもバニラをもらえるだろう。

「飛行船早くできないかなー！」

「できたらタリアスなんてすぐだよ。まあ、その前に一旦ラブのところへ行こうか」

「え！　ラブっちのところ？　行く行く、行くし！」

ラブはジュノーにできた、ダンジョン繋がりの友達であり、甘いもの同盟の仲間。

たまには遊びに連れて行って交流させてあげないと寂しかろう。

俺も最上位のガーディアンからドロップする装備が欲しいし。

「ラブっちどうしてるかな～？　会えるの楽しみだし～！」

「そうだな」

え？　最上位のガーディアンなんてジュノーに作らせれば良いじゃないかって？

ふっ、無理だな、無理無理。

今日は珍しく有能だったが、こいつは基本的にポンコツの部類だ。

一度任せると、とんでもないガーディアンを作りかねない。

出会った当初が良い例だろう？

絶対面倒臭いことになるから、俺は野菜モンス以外は絶対に飼わんのだ。

住まいは可能な限り安全にしたい。

もっとも、ダンジョン拡張分の魔力は、各所に配置したドアと潜在能力持ちの装備用に全て使用しているから、やろうと思ってもできないのである。

そもそも今はギリスを拠点としているが、勇者絡みの面倒ごとが舞い込んできた瞬間、俺は他の国に鞍替《くらが》えするつもりだから無駄に拡張することはない。

「よし、そろそろ飯の時間だから戻るぞ」

「はーい」

とにかく、休日に終わらせようと思っていたことが全てできた。

明日からは飛行船に必要な素材があればすぐに取りに行くべく、冒険者業の再開である。

他にもやりたいことは色々とあるのだけど、一つ一つ確実に進めていこうか。

◇　◇　◇

翌日、早速オカロとオスローのいる研究所へ、前々から渡そうと思っていた素材を持って足を運んだ。

「……液体の魔力ガス？　情けなく退陣に追い込まれてしまった中年よ、知っているかね？」

「……うーん、高密度の状態で液状化するなんて、僕知らないよ？」

研究室にデデンと置かれた魔力ガス入りのタンクを前に、神妙な顔をする二人。

どうやら気体だと思っていたものが液体で持ち込まれたことに驚きを隠せないようで、二人の研究者は、魔物のカラフルバルンから採取した大量の気体や皮よりも、ファントムバルンからドロップした魔力ガスのタンクがすごく気になるようだった。

「トウジ、これはどこで手に入れたんだ？」

「ファントムバルンを倒してタンクに入れたら、こうなってたよ」

まさかドロップしましたとも言えずに、オスローに適当な説明をしておく。

主従の腕輪を壊した際も、説明する時は合成したり分解したりするスキルを持っていることにしておいた。実際にそんな感じなのだから、間違ってないよね？

「ふむ……水を沸《わ》かすと水蒸気となる……逆に水蒸気を冷やすと水となる……その法則が魔力を含んだ特殊な気体にも当てはまるというのだろうか……？」

顎《あご》に指を当てて深く考え始めるオスローに、オカロが言った。

「娘よ、そもそも魔物の中にある存在が気体だと思っていることが間違いじゃないかな？」

「技術屋が理論派である私に意見するのか、中年」

「その中年っていうのやめてもらえる？　パパ傷つく」

実の娘に中年中年と言われて、地味にダメージを負《お》ってふらつくオカロ。

足に来てるな……。

愛娘の辛辣《しんらつ》な言葉は、父親にとってはボディーブローと同じである。

この二人は、オスローの失踪事件を経て再会してからずっとこんな感じだった。

しばらく顔も見ていないようなことをオカロは言っていたから、上手く距離を詰められないのは仕方のないことである。オスローはあんなだしな。

だが、俺は知っているぞ。

二人とも、自分のケツはしっかり自分で拭《ぬぐ》おうとするタイプだってことを。

根っこの優しい部分も似ているから、こいつらはしっかり血の繋《つな》がった親子なのである。

「まあいい、とりあえず思ったことを話してみろ父親」

「なんかトゲトゲしいなあ……えーと、ゴホン」

娘の口調に引っ掛かりを感じながらも、父オカロは咳払《せきばら》いして説明を始めた。

「カラフルバルンは体内に気体を持っていてふわふわ浮かんでいるけど、上位のギミックバルンになると急に膨《ふく》らみ爆発する性質を持つようになる。これは何らかの手段で体内に気体を生み出していると考えられるね。その仮説のヒントが、トウジ君がファントムバルンを倒して持ってきてくれたこの液化タイプの魔力ガスに隠されていると見た」

「ふむ……体内で圧縮して液化していたものを瞬時に気体にすることで、体積を膨張させて爆発しているということか……」

「そう、その通り」

「我々が気体だと思っていたことが間違いで、そもそも魔力ガスは最初から液体であり、カラフルバルンはそれを気化させて膨らみ空に浮かんでいる、といったところか」

「大正解。さすが僕の娘」

オスローの導き出した答えを聞いて、オカロは満足げな笑みを俺に向ける。

どうだ、僕の娘は天才だろうって感じの表情だ。

なんかウザいからもう一度ボディーブローを食らえば良いと思う。

ちなみにガスの仕組みが本当のところはどうなのか、俺にはわからないし興味もない。

ドロップで液化したものが出てくるなら、きっとそうなのだろう。

彼ら二人は天才だから、勝手に答えに辿《たど》り着くはずだ。

「……何故だろう、今すぐギミックバルンの連鎖爆発の渦中《かちゅう》に放り込んでやりたい気分だよ。頭の回転が遅くなった中年に、こうして思考力のマウントを取られるのは屈辱だ」

オカロに先手を取られたオスローが悔しそうに呟《つぶや》く。

「あはは、そこは経験の差だね。カラフルバルンの持つ魔力気体を、鉱物ではない新しい魔力供給源として使えないか、かなり力を入れて研究していたからね」

「まあ良い、とりあえず……パ、パパ、の、その辺の経験は飛行船計画で重要になるだろうと私は思っているから存分にこき使ってやろう」

髪を弄《いじ》りながら恥ずかしそうにパパと呟くオスローに、オカロは涙ぐむ。

「パパ、頑張るよ……よーし、ならこのサンプルのガスを弄ってみよう！」

「待て、どのくらいの高密度なのかもわからない状態で行動するのは危険だ。強烈な魔力がアマルガムと反応したら面倒なことになるのはわかっているだろう？」

「おっと、そうだったね」

「まったく、後先考えずにすぐ手を出すのは技術屋の悪い癖だぞ」

「ごめんごめん」

この二人、なんだかんだ言いながら良い関係に戻れそうだな、と思った。

親子関係に根深い確執《かくしつ》があったらどうしようかと思っていたのだけど、今は二人揃って飛行船という新たな目標に力を合わせてくれそうだ。

「じゃ、あとは任せて俺はこの辺でお暇《いとま》しようかな？」

オスローから事前に渡されていた素材リストには、まだ揃っていないものがあった。

俺の役目は必要なものを全て揃えることなのだから、さっさとやってしまおう。

「トウジ、待ちたまえ」

ポチたちを連れて研究所から立ち去ろうとすると、オスローが呼び止めた。

「ん？」

「素材リストに一つ、重要なものを入れ忘れていた。それを先に手に入れないと、いつまでたっても飛行船の完成は遅れてしまう」

「なに？」

「飛行船本体に使用する頑丈な木材さ。そこいらの木材では、十分な耐久性を確保できない可能性がある。故に、絶対に譲れない素材なんだ」

「鉄製は考えてないの？」

「そんなものより、さらに軽くて良いものがある。もしなければ鉄でも構わないが、それでは燃費や速度を犠牲にすることになるだろう」

「なるほど」

燃費と速度はかなり重要な部分だ。

ワシタカくんを使わず、快適に移動するために頑張っているのに、結局遅くて遠くまで飛ぶことができないとなれば意味がない。

その木材とやらを是《ぜ》が非《ひ》でも取りに行きましょう。

「何を用意すれば良いの？」

「竜樹《りゅうじゅ》ユグドラの素材さ」

「竜樹……」

またなんとも物騒な名前だ。

「オスロー……それ、本気で言ってるの……？」

隣にいたオカロが、娘の言葉にやや困惑した表情をした。

そんなにヤバい代物《しろもの》なのだろうか？

「私は嘘をつかない、本気だ」

オスローは俺を真っ直ぐに見つめながら話す。

「私の夢である飛行船による初めての飛行。人類の空への第一歩。一番良い素材で最高のものを作りたいし、トウジなら……必ず持って来てくれるはずだ」

「いや、さすがに買い被り過ぎだと思うけど……」

存在するかもわからない伝説の素材とかだったら無理。

「ふっ、だったらその辺にある木材を使って墜落《ついらく》してお陀仏《だぶつ》になるしかないな。私は初飛行で死んでも本望だ。しかし、さすがに君を事故死させるのは心が痛いので、やはり確保するしかない」

「えー……」

オスローは一転不貞腐《ふてくさ》れる。

っていうか暴論だろ、それ。

ワシタカくんを出していれば落下ダメージは半減するので、その辺は大丈夫だと思いたい。

「あっ、ちなみに僕が心配してるのは、入手難度もだけど、購入する際の値段もなんだよね」

「いくらですか？」

「貿易船クラスの竜骨に使用する大きさで、市場価格5億ケテルはくだらなかったと思うよ」

「5億……」

俺のインベントリに表示されている残高よりもさらに上だった。

半端ないな、その素材。

「耐久性もそうだけど、竜の加護がつくから滅多に魔物が寄ってこないようになるよ」

言葉を失っていると、オカロが説明してくれる。

「海軍を持つ国の重要な船舶《せんぱく》には、必ずと言っていい程使われる素材だね。もっとも、今の船舶は大昔の船舶に使われていたものを再利用しているから、未加工の竜樹なんてもうずっと見てないよ」

なるほど、魔物が寄ってこなくなる能力があるならば、そのくらいの価値にもなるか。

さらには今ある素材以外、市場に流れていない始末である。

「オスロー、まさか5億出して、それを買うって言うのかい？　そもそも資金繰《ぐ》りに困った国が仕方なく出したりする代物で、下手すれば5億以上の価値で各国が白金貨を投げ合うのに」

「いや、私は取って来て欲しいと言っている」

「それこそダメだよ危険だよ！　深淵樹海《しんえんじゅかい》の奥にあるって噂は有名だけど、本当にあるかわからないし、そもそもあそこは魔族領との国境地帯に存在する大迷宮だから、敵は魔物だけじゃないかもしれない！」

「ふむぅ……だが、使いたいのだ……ユグドラを使って最高の飛行船作りたいもん……」

「可愛く言ってもダメダメ！　技術屋として言わせてもらうけど、設計は可能な範囲でやるべきだよ。莫大《ばくだい》なコストをかけて最高のものを作るより、コストと実用性のバランスを上手く取りながら、誰でも作れて誰でも使えるものにするのが一番さ。そんなとんでもない素材で作っちゃったらメンテナンス費用だって洒落《しゃれ》にならないよ！」

「……ふむぅ……ぐむぅ」

長年現場に携わってきたオカロの正論に、オスローは圧《お》されていた。

口達者なオスローだから何か言い返すかなと思っていたが、彼女は口を歪《ゆが》めてオカロを睨《にら》んでいるだけである。

もっともな意見に、一応同意しているってことなんだろうね。

「トウジ君」

「はい」

オカロは近寄って来て俺の肩を掴むと、さらに顔を近づけて言う。

「深淵樹海は、その名の通りとんでもなく深い樹海だよ。まるで全てを呑《の》み込むように毎日毎日常に森が広がり、周りを侵食する大迷宮さ」

「と、とんでもないですね。でも、良い感じに伐採すれば無限に木が手に入りそうな気がしないでもないですけど……」

「確かにそうだけど、それは深淵樹海のほんの一部だよ！　竜樹は広大な樹海の最深部にあるらしいから、呑気にそんなことを言ってられないんだって！」

「そ、そうですね」

肩を激しく揺さぶられながら同意する。

オカロの言う通り、大迷宮は本来かなり危険な場所、いや地帯である。

ダメだな、ダンジョンに対してなんら警戒を抱かないマインドになってしまっている。

それもこれも甘いもの同盟のせいだ。

ポンコツダンジョンコアとポンポン痛いガーディアンのせいである。

「と、とりあえず取って来られるかどうか判断してから決めますね」

「だから、やめといた方が良いって言ってるんだよ」

「最初に作る飛行船は俺専用ですし、最高のものを作りたいですから」

もし民間用に量産するとしたら、それはまた別に考えれば良い。

最初にすごいものを作って、必要に応じて安価な他の素材に切り替えていけば良いのだ。

強化と合成の作業でもそうだったが、はじめに作るならやっぱり最高傑作が一番である。

「とにかく、詳しく調べてから考えます。なんなら他国から買ってくる案でも良いですし」

「それもかなりハードル高いと思うけど……お金足りるの……？」

「あと2億くらいですしね」

マイヤーに頼み込んでちょっと多めに競売に装備を流したって良い。

この世界で俺が稼ぐ手段はたくさんあるのだ。

「3億持ってますよって意味だけど……やっぱり良いところのお坊ちゃんだった……？」

「まあ、その辺はどうでもいいじゃないですか、あはは」

坊ちゃんっていう歳じゃないし。

「トウジ君がそう言うなら従うしかないけど……完成前に持ち主がいないなんてあっちゃいけないことだからね……？」

「わかってますよ。安全対策は十分に取るタイプですから」

それだけ言って、俺はこの場をあとにした。

まずは情報収集である。ダンジョンの情報なら、もちろんダンジョンの伝手《つて》を頼る方が良い。

第二章　氷城迷宮《ひょうじょうめいきゅう》、ラブちゃんのダンジョン教室

さて、それから俺たちは新たなとんでも素材の情報を求め、ワシタカ便に搭乗し断崖凍土へ向か

うことにした。

約二ヶ月ぶりとなる極寒の大地である。

「やっとついたしー！」

ジュノーはスポンッとイグニールの胸元から飛び出して、白銀の世界を飛び回る。

「大迷宮なんて初めて来たんだけど、ここ全部そうなの？」

イグニールも興味深そうにキョロキョロと辺りを見渡している。

「そうだよ」

二つの国をつなぐ架け橋のようにしてできた超巨大な氷の大地、それが断崖凍土。

「へえ……それにしても、こんな極寒の中にいるのに寒くないって、このイヤリングは本当にすごいわね……」

「まあね。少し風情《ふぜい》がないかもしれないけど」

「風情なんて気にしてたら死ぬわよ」

みんなしっかり寒さ無効のイヤリングを装備している。

イグニールの言う通り、普通の防寒装備では死にかねない。

「この防寒着も着心地良いし、さすが」

「う、うん」

イグニールによいしょされると、頬が弛《ゆる》む。

イヤリングのおかげで別に着こまなくても良いが、防寒着くらいは身につけて氷の世界を楽しもう。

「よし、ラブのところに行くか」

今からダンジョンの最深部にいるラブの元を訪ねるのだが、初来訪のイグニールにも説明は全て済ませてある。

ちなみに話した時、「まあダンジョン攻略なんて人が勝手に決めてるようなものだし、ダンジョンコアやそこに棲《す》んでいる魔物の立場で考えたら迷惑だとは思うから、ダンジョンを守っているガーディアンも特に恐ろしいなんて思わないわね」と、彼女は言ってのけた。

さすがイグニール、聖母である。

ジュノーやペットのポチを見ていたら、魔物に対する価値観は変わるだろうな。

会話ができないからわからないだけで、意思疎通ができれば魔物も人間と同じようなものである。

だったら何故俺は魔物を狩るんだ、って話にもなるけれど、それでおまんまを食べている冒険者だから、としか答えようがない。友達になったから仲良くする程度の問題なのである。

「トウジー！　こっちにドアが出現したしー！」

コレクションピークのコレクトと雪原を飛び回っていたジュノーが遠くで俺を呼んだ。

向かうと、雪の中にドンと扉が立っていた。

「久しぶりじゃなー、トウジ」

扉が少し開いて、その中から青い髪を両サイドで結んだ少女が顔を覗かせる。

「久しぶり、ラブ」

断崖凍土を管理するガーディアン、ラブだ。

「ほれ、とりあえず入らんか。今日は来客が多く立て込んどるからのう、はようせい」

ちょいちょいと手招きされるので、さっさと中へ入ることに。

「彼女がガーディアン？　なんだか可愛らしい少女ね」

「うん、アイスを食べてお腹を壊す系ガーディアンだよ」

「……そういうこと、女の子の前であんまり言っちゃダメよ？」

「あっ、すいません」

得意げにラブを弄りながら紹介したら、そう窘《たしな》められてしまった。

自分が優位な状況でつい調子に乗ってしまうコミュ障っぷりである。

これは恥ずかしいので素直に反省しよう……。

「して、今日は何用で来たんじゃ？　お土産《みやげ》は？　甘いものがないと許さんぞ？」

「ジュノーが会いたがってたからな。もちろん甘いものもあるよ」

最深部へ繋がる通路を歩きながら、たまたまインベントリにあったクッキーの残りを取り出して、
適当にお土産と言いながら渡す。

「ふおおおお！　クッキーじゃ、クッキーじゃ！」

「ねえ、トウジ？　あたしにはないし？」

「ラブへのお土産だからねーよ」

ここに来る前に散々パンケーキを食い散らかした癖に、何言ってんだ。

今日のジュノーのおやつは、いつもと趣向を変えてフォークで突《つつ》いたらプルンプルンと揺れる巨大なスフレパンケーキ。

そんな魅惑のスイーツを前にして、ジュノーはテンションがマックスを振り切って、スフレパンケーキ内部に飛び込み、中身をぶち撒《ま》けながら食い散らかして、ポチにかなりの勢いで怒られていた。

「オン」

「ほら、ポチが食い物を粗末にしたからしばらくお預けだってよ」

「いやあああああ！　パンケーキパンケーキ！　スフレスフレスフレー！」

空中でくるくるばたばた駄々をこねる。

いつもならフォローに回るイグニールも、スフレの惨状を見ているので、何も言わなかった。

「落ち着けジュノーっちよ。甘いもの同盟として、わしのを一つやろう」

「良いのラブっち？　っていうか同盟だったらそれ半分あたしのじゃない？」

「ダメじゃ！　これはわしへのお土産なんじゃからに！」

「えー……ケチ」

「そういうこと言うなら、一つもくれてやらんぞー？」

「ごごごめんなさいごめんなさい！　ください欲しい食べたい！」

「ふっふーん！　わかれば良いのじゃ！」

速攻で従うほど、ジュノーは甘味を欲しているようだった。

ラブは慌てる様子を見て、したり顔をする。

うむ、仲が良いようで何よりです。


ゴゴゴゴゴゴゴゴッ！


ほっこりとしながら二人の様子を見ていると、突然辺りが大きく揺れ始めた。

「アォン!?」

「うおおおお!?　な、なんだ!?」

「何かしら、もしかして例の邪竜《じゃりゅう》？」

「いや、それは確実に倒したから大丈夫なはず！」

「あっ、そうじゃった」

慌てる俺たちを尻目に、ラブがクッキーをサクサクと齧《かじ》りながら声を上げる。

「甘味に夢中で忘れとったんじゃが、今日は立て込んどるからあまり長居はできんぞ。重要な用件ならば日を改めい」

「どういうこと？」

「久しぶりに強い冒険者の集団がこの断崖凍土を侵攻しとる。わしはその対応でしばし忙しくなるんじゃよー」

「なるほど、相変わらずノリが軽いな」

腹が緩いタイプだとしても、ダンジョンコアと同じ権限を持つガーディアン。

邪竜に比べれば、強い冒険者なんて少し忙しくなる程度のようだ。

「ぬはは、このクッキーは何気に魔力がかなり回復するようじゃから、栄養補給もできたし今のわしは無敵じゃぞー？　がおー」

「ジュノー専用のクッキーみたいなもんだからね」

材料にＭＰ回復の秘薬を使った特殊なクッキーは、魔力を常に消耗するダンジョンコアにとっては最上の栄養源だろう。

クッキー用の付け合わせのジャムも、フェアリーベリーから作った特製品だ。

「あたし専用ならあたしのだし！　寄越せラブっちー！」

「わしがもらったクッキーじゃもんねー！　ぬははは！」

「ぐぬぬぬぬーっ！　んしーっ！」

憤慨《ふんがい》するジュノーと同時に、通路が再びゴゴゴゴと激しく揺れ動く。

「本当に大丈夫なのか……？」

「そうじゃのー、トウジみたいに倒したガーディアンを片っ端から回収して、根こそぎダンジョンのリソースを奪うような輩《やから》ならば、少し厳しいかもしれんが、今は邪竜の心配もないから余裕じゃ。わしがどれだけ長きにわたって人の侵攻を撥《は》ね除《の》けて来たか。キャリアはそこそこじゃぞ！」

「それならラブっち、今後の勉強として冒険者撃退の見学してみたいかもだし」

「んむ？　ならば一緒に冒険者を阻《はば》んでみるかの？」

「うん！　阻むし！」

「ならばダンジョンの大先輩として、とくとわしのすごさを見せてやろう！」

何だか勝手に話が進んでいるのだが、気になるので便乗しよう。

長きにわたって大迷宮を営んできた守護者が、いったいどのようにして冒険者を退《しりぞ》けてきたのか、いち冒険者の俺も勉強になるはずだ。

予《あらかじ》め知っておけば、万が一にも他のダンジョンコアと敵対した場合に、リソースを奪う以外の対処法を思いつくかもしれない。

「ラブっち、敵は誰だし！」

「今見せるぞー、氷鏡の大守護者よー」

ラブがそう言うと、大きな鏡を持った氷のガーディアンが壁から出て来た。

「……それが大守護者なら、ラブっちはなんだし？」

「超守護者。ほれ、とりあえず映し出すから見よ」

ガーディアンの持つ大きな鏡に、侵入者の姿が鮮明に映し出される。

「四人組と、そして金魚の糞《ふん》のように後ろに連なる神官の群れ……なんとも大所帯じゃのう？」

俺は、それを見て固まった。

「……トウジ？」

心配そうに見つめながらイグニールが俺の腕を引く。

「あ……うん、なに？」

「大丈夫？　何だかとんでもないものを見たって表情をしてたから」

「ごめん」

そりゃそうだ、とんでもない。

まさか、まさかだったよ。

こんなところで、まさかこんなところで……デプリにいるはずの勇者たちを見てしまうなんて思いもしなかった。

そう言えば、サルトの支部長が勇者がギリスに向かいたいと駄々を捏《こ》ねていたって話をしていたような、していなかったような……。

ゴブリンネクロマンサー事件が終結して、しばらく時間が経っているが、本当に来ているとはさすが勇者である。

眠っていた邪竜が復活していたとしたら、確かに勇者が来る理由はある。

しかし、それはもう解決しているし、そもそも邪竜復活ってアンデッド災害が起こる前の話だったはず。

遅い、遅過ぎるぞ。

ヒーローは遅れてやって来るとはよく言うが、さすがに一ヶ月以上も待たせちゃダメだ。

一度邪竜と相対《あいたい》した俺にはよくわかる。

一ヶ月もあれば、国が複数滅んでもおかしくない存在だった。

「ほれ、入れい」

イグニールに腕を引かれたまま歩き、俺たちは身に覚えのある場所へと導かれる。

みんなでお菓子を食べた場所だが、前とは少しだけ違っていた。

「あれ？　なんか前来た時と違ってるし？」

以前は柱ばかりで何もない空間だったが、テーブルや椅子など色々な家具が設置され、なんとなくリビングのような生活感が漂っている。

「お主らがまた遊びに来た時、殺風景な場所じゃ寂しかろうと思ってのう」

そう言いつつそっぽを向く。

なるほど、俺らのために気を遣って準備してくれたわけか。

いつになるかもわからない再訪問のために準備してくれたとは、ありがたい話である。

「オン」

「ああ、キッチンね？　ほいほい」

映像を見ながらつまめるように、ポチが軽食を準備してくれるそうなので、インベントリから魔導キッチンを取り出して配置した。

前回同様、あっという間にティータイム会場の完成である。

「ポチ！　すふれっ！　すふれっ！」

「ジュノーっち、すふれとは何かのう？」

「革新的な美味《おい》しさのパンケーキだし！」

「ほうほう、それは楽しみじゃのう」

スフレパンケーキを作るとは一言も言ってないのに、甘いもの同盟の二人はスフレを食べる気まんまんで話を進めていた。

「……アォン」

せっかくの再会だし仕方がないと、ポチはため息を吐きながら渋々頷《うなず》き、彼女たちのためにスフレパンケーキを作り始める。

「して、スイーツが出来上がるまでに状況の説明をしておこうかのう」

「うん」

「奴らはそこいらの冒険者と違って、人数と物資量で迷宮踏破を達成しようとしとる」

先に出された紅茶を飲み、クッキーをハムスターみたいに食べながら、ラブは大きな鏡に映し出された勇者御一行の評価を話す。

「まあ稀《まれ》に多くの人員と物資を用意して攻め込んでくる冒険者はおるのじゃが、今回は前線に立つ四人が抜きん出とるのう」

――サクサクサクサク。

当たり前だ。

その四人はステータスの暴力とも言っていい、勇者なのだから。

「この四人のサポートを前提とした動きもよくできとるし、後続の神官たちにも油断ならん奴は何人かいると見た」

――サクサクサクサク。

国が勇者たちのためにつけてくれた選《え》りすぐりだから当然だろう。

万が一にも死ぬことがあっちゃいけないのだ。

「で、ラブっち、こいつらどうするし？」

「とりあえず奴らはまだ序盤に差し掛かった段階じゃ」

サクサク、サクサク……。

サクサクサク……。

「この深部の氷城迷宮は、とにかく下に向かえば良い単純構造のダンジョンとは違うのじゃ、ゆっくり残りのクッキーでも食べながら戦略を立ててみようかのう……って、のわ～！」

ラブは急に立ち上がって叫び声を上げる。

「どうした⁉」

「クッキーがもうなくなってしもうた！　なくなってしもうたから次のをくれぇ！」

「……おい」

いきなり大声を出して立ち上がったから、どうしたことかとびっくりしたじゃないか。

面倒ごとしか引き起こさないと言えども、相手は勇者。

特別な神の御加護、つまりはご都合主義的な力を持っていて、どういうわけかいきなり最深部に到達し否応《いやおう》なしに戦うことになってしまう可能性だってあるのだ。

運命論者ではないが、完全なる否定はできない。

すったもんだの末に俺が被害に遭って勇者が持《も》て囃《はや》される、なんて事態が起こって来たんだからな……。

何かあったらラブを引き連れて撤退かな、と思っていたけど、最深部に眠るラブの父、つまるところ本物のダンジョンコアに何かあるとギリス本土もやばいので、ここはひとつ勇者に一泡吹かせてやることにした。

「ジュノー、ラブ、俺にも何か手伝えないかな？」

倒すことはないが、撤退くらいはさせてやるといった意気込みである。

「急にどうしたんじゃ？」

「いや、ジュノーだけだと心配だし、俺も今後のために学ばせてもらおうかなって」

「むー！　心配ってなんだし！　ちゃんとできるし！」

「ごめんごめん、言い方を間違えたよ。俺も学んでおけば、お前の力になれるだろ？」

「だったら良いけど……もぉ～トウジも一緒に遊びたいならちゃんと言ってね？」

「ほいほい」

声を荒らげるジュノーを宥《なだ》めて、俺もダンジョン防衛に一枚噛むことになった。

「アォン」

そんな話をしている間に、出来上がったふわっふわのスフレパンケーキ。

「わー！　スフレだし、スフレー！」

「ふおっ！　これがすふれぱんけーきという甘味か！　美味《うま》そうじゃの～！」

鏡に映る勇者たちから、一転してスイーツに突進するチビ二人。

頭の中はすっかりスイーツに支配されているようだった。

「……おいおい」

一枚噛むどころか、俺が全部やんなきゃいけないコースじゃないか？

相手は勇者だ、こいつらに任せちゃ絶対とんでもないことになる。

◇　◇　◇

「ほら、お前らスイーツ食ってる場合じゃないぞ」

「んし？」

「のじゃ？」

追加でどんどん運ばれて来るケーキを無我夢中で貪《むさぼ》り尽くすチビ二人は、クリームを顔中につけたまま俺を見た。

ジュノーに至っては全身クリーム塗《まみ》れなのだが、いったい何がどうなったらこの有様になるのだろうか。

行儀良く食べないと、ポチにケーキを没収されても知らないぞ。

「とりあえず鏡を見てみろ」

依然として映し出されている勇者たちは、ダンジョン内の魔物やガーディアンをものともせず先に進んでいる。

つまり序盤の敵はすでに相手にならないほどの強さってことだ。

「ラブに取り急ぎ情報を告げておく。あいつらは勇者だぞ」

「ほう、勇者か。すなわち新しく召喚されて来た存在とな？」

「そういうこと」

どうやらある程度は知っているようで、話が早い。

「わしはお主が勇者ではないかと疑っておったのじゃがのう？」

「そんなわけない」

似たような存在だけど、俺には何の加護もないのである。

所詮、勇者に巻き込まれた爪弾《つまはじ》き者だ。

「成し得たことはそれ以上じゃから、むしろ誇っても良いと思うがの」

ラブはケーキを口いっぱいにほおばりながらもぐもぐと告げるが、それもない。

邪竜を倒したのは俺の力というより、みんなの力だ。

それに邪竜が弱体化していて運良く凶悪なコンボが決まったってだけ。

全盛期の邪竜だったら、いったいどうなっていたことか。

「お主がそう言うのなら、わしは何も言わんが……まあともかくお主のように倒した敵を全部アイテムボックスに回収して大迷宮を相手に根比べするような輩以外は、敵ではないのう！」

「確かに大迷宮と根比べだなんて、正気の沙汰じゃないわよねえ」

ラブの言葉に納得したのか、イグニールは頷きながら素朴な声で反応していた。

「あれって、そんなにおかしいことなのか？」

リソースが有限である以上、ダンジョン相手には効果的な方法だと思うけど。

「普通の人には無理よ」

「そうだし」

「じゃの」

きっぱりと断言されてしまった。

「トウジのアイテムボックスが特別だってこともあるけど、それ以前に襲撃がいつまで続くかわからない状況で、倒して回収してをずっとこなし続けるなんて、普通は気力が続かないから無理よ」

「異様なまでの集中力じゃのう」

「そう？」

ネトゲの世界じゃ、二十四時間狩りを続けるなんてざらだった。

それにこの世界にはステータスっていう耐久性を上げてくれる便利なものが存在する。

リアルと違って、体力的にまだまだ現役でいられるのだ。

「精神力の問題よ」

「ああね」

ゲーム感覚でできるから、精神的に疲れることもそうそうない。

この世界で生きていく上で、果たしてこのままで良いのか悩みどころだが、それは落ち着いてから考えようか。

「まあ、大丈夫じゃろう」

ラブはシャーベットを手に、わざわざ設置したストーブの前で暖を取りつつ食べるという極めて矛盾した光景を見せつけながら話す。

「邪竜を亡き者にした今、この断崖凍土に敵はおらん」

「そりゃ心強いけど、相手は勇者だぞ？」

そういう王道的な存在って、そいつらの都合が良いように周りの環境やシナリオが動く気がする。

そんな天啓的《てんけいてき》なものに導かれたら、ひょっとすれば……なんてことになるんじゃないか。

「大丈夫じゃ！　甘味を食べたこのラブちゃんに敵《かな》う存在はない！」

「本当かなあ……？」

口いっぱいにシャーベットを頬張りながら、ストーブの前で踏ん反りかえられても、ギャグで言ってるとしか思えない。

「ぬぉぉぉぉぉおおぉぉ！」

案の定、頭がキーンとしたらしく、苦悶《くもん》の声をあげて蹲《うずくま》る。

「ふぅ、ふぅ……やっぱり頭キーンってするのじゃー……」

大丈夫だろうか。

ま、まあ長い間ダンジョンコアの代わりを務めてきたんだ。

それなりのノウハウがあるのだろう。

その辺に期待しつつ、色々と勉強させてもらうとしようか。

「ふむ、ではこの甘いもの同盟の愉快なお茶会を邪魔されるわけにはいかんからの、相手の手札を全て見せてもらうことにしようではないか」

勇者たちを映し出す鏡の前でラブが指を鳴らすと、ゴゴゴゴとダンジョンが揺れ始めた。

「何をしたんだ？」

勇者たちの戦闘による衝撃ではなく、ラブが自ら起こしたものだ。

「相手は勇者じゃ、お宝目当ての雑魚《ざこ》ではなく本気で最深部を目指しているならば、本気で相手せねば失礼じゃろう？」

「うん？」

「じゃから、今ある魔力を使い切り、階層氷城の一部を変更したのじゃ！　ほれ、これを見よ！」

テーブルの上に氷でできた城の模型が浮き出てくる。

細部にまでこだわった造形の氷の城は、なんとも美しい。

「この断崖凍土は氷でできた大地の中に巨大な城を構えておる。それが階層氷城じゃ」

「なるほど」

目の前にあるものは、その模型らしい。

「構造的には、直下階層型というより区画城層型迷宮の一つかの」

「区画城層型迷宮……初めて聞く言葉だ」

「直下階層型というのは下に階層をどんどん追加していくもんじゃが、区画城層型は簡単に言えば城塞都市《じょうさいとし》のような広がり方をする迷宮じゃの」

「……簡単に言われてもよくわからん」

「まあ内にも外にも層が存在し、そこを繋げる役目を城が担っとる」

大雑把に言うと、階層の中に城があり、その城の中にさらに階層があるというものだった。

極彩諸島《ごくさいしょとう》もなんだか毛色の違う迷宮だったし、この世界には色々な種類の迷宮があるんだなあと思っておく。

「説明を続けるかの、外の領地迷宮を抜けて、その中にある城下迷宮を進むと、東西南北に第一外壁、第二外壁、そこを抜けると深部に居城があるわけじゃがのう……」

普段はここまで来られる冒険者はおらず、以前の邪竜戦で壊れて、だだっ広い空間になった外壁エリアを五区画に分割したそうだ。

「正解ルートへの選択肢が増えた分、侵攻はかなり遅くなるぞ」

「へえ、そんなことも可能なのか」

つまるところ、ラブの作戦は侵攻を遅らせての兵糧攻《ひょうろうぜ》めと言ったところか。

古くからある迷宮は、冒険者が地図を作って販売しているため序盤はサクサク行けることもあるのだが、途中からダンジョン内の構造が変わっていたりすると難度は爆上がりする。

なかなかえげつない作戦だが、構造を変更するには大量のリソースを必要とするという欠点があるそうだ。

「直下階層型と比べて管理はややこしいがのう、より入り組んだものを作れるのじゃよ」

「おお～！　勉強になるし！　あたしもそれでやろっかな～！」

「最初は無理じゃ。百階層、もしくは領域をもっともーっと拡大してからじゃな！」

真似しようと思っても、簡単に真似できるものじゃないとのことである。

「……トウジ、そろそろ魔装備はやめといて良いんじゃないし？」

ラブの説明に触発されたジュノーが、そんなことを宣《のたま》う。

「ダメだぞ、ダメダメ」

「えー！」

階層を増やす余力があるとしたら、全部装備に使うんだ。

ギリスに定住するかわからないから、巨大な迷宮を作る気はない。

「それに、もし拡張するとしても直下階層型で良い」

なんとなく楽そうだからである。

「やだっ！　作りたい作りたい作りたいー！」

「よし、ならばパンケーキ、魔装備、ダンジョン拡張から一つだけ選べ」

「ぱんけーき」

「オッケー、決まりだ」

「……甘いもの同盟の盟主に相応《ふさわ》しい決断力じゃの、ジュノーっち」

ジュノーの変わり身の早さにジト目になるラブだった。

これぞパンケーキの魔力であり、ジュノーがパンケーキ師匠たる所以《ゆえん》よ。

「で、話を戻すがラブ。新しく区画を分けた部分に魔物やガーディアンを配置するのか？」

「いや、とりあえずスイーツ食べるので忙しいから時間だけ稼がせてもらうのじゃ」

「マジで？」

「ぶっちゃけて言えば、こうしてしつこいレベルで入り組ませると、人は勝手に警戒して精神をすり減らし、そのうち諦めて引き返すんじゃよ」

「なるほど……」

いちいちガーディアンや魔物を配置しなくとも勝手に困難を想像して引き返していく。

そんな戦い方もあるのか。

ダンジョンには資源となる人や魔物の侵入が不可欠だから、本来は単純な構造にしておく必要がある。

故に、普段ここまで複雑に迷宮を入り組ませることはないそうだ。

◇　◇　◇

ラブから聞いた断崖凍土の簡単な説明をしておこう。

北の海域で島国ともう一つの国を繋ぐようにしてできている断崖凍土の大部分は、領地迷宮と呼ばれる氷の大地と、その地中に存在する無数の縦穴地帯である。

中央部分に階層氷城と呼ばれる氷の城が存在し、デリカシ辺境伯領から船で直通しているのが外壁の一つ前の階層である城下迷宮エリアなのだそうだ。

外側から順に、領地、城下、外壁、居城。

領地迷宮の範囲は、直下階層型と違って階層分けをしていない分、魔物が棲み着きやすいらしいのだが、極寒なので寒さに強い魔物に限られている。

城下迷宮は、魔物よりも冒険者専用の入り口という立ち位置であり、あえて簡単に入れる場所を設けておくことで、好奇心を刺激し冒険者を誘い込んでいるのだ。

魔物は外から勝手に棲み着くようにして、人は別の入り口から特別来場とは、なかなか考えられたダンジョンである。

で、本題に戻る。

現在勇者が突き進んでいるエリアは、城下を超えた居城の手前にある外壁迷宮。

『またガーディアンか！　キリがないな！』

『下がって、大魔法で一掃するから！』

『いや温存した方が良い。対処できる限界まで、なんとかしよう！』

『ま、ままま、また大勢来てます！』

大きな鏡には、勇者たちの動向が映される。

ラブの目論見《もくろみ》は成功しているようで、城下から侵入してきた勇者たちはかなりの苦戦を強いられているようだった。

「ぬははは、こいつらにはわしの編《あ》み出した無限ガーディアン戦法がよく効くのう！」

「無限ガーディアン戦法……ああ、あれか」

倒せば倒すほど、数が倍になってどんどん押し寄せる仕組みである。

俺にはただの養分だったが、他の人にはとんでもなく嫌らしい。

『勇者様、ここは一旦お引きになった方が！』

『ダメだ！　ビシャスが言ってただろ、やばい魔物を復活させたって！』

『しかし、事前情報よりも迷宮が入り組んでおり、全貌《ぜんぼう》が掴めません！』

やっぱり地図を持っていたか。

『それでも限界まで行く！　最悪俺ら四人だけになっても良い！』

後方支援を行う神官の一人がそう進言しても、勇者はなりふり構わず進もうとする。

おーおー、勇者してるなあ。

後続の神官たちは苦労していそうだった。

アイテムボックス持ちを連れて来ていたとしても、持てる量には限りがある。

行きで半分以上物資を使ってしまったりしたら、帰りが大変になるのだ。

「なかなか強情じゃのう、さっさと引き返せば良いものを」

ラブはお菓子を食べつつ、まるでテレビ特番を見ているように呟く。

「勇者だから、だろうな」

「そんなもんかの？」

こいつらはお宝目当てで来ているわけではないのだ。

未熟な高校生だから、世界を救うカッコイイ自分に幻想を抱いているのである。

「多分さ、邪竜の一件をどこかで知ったんじゃないかな？」

やばい魔物がどうたらって叫んでいたし、恐らくそうだろう。

いったいどこで知ったのか。

ともかく動機がそこなので、一度引き返すという選択肢は存在しないのだ。

「ふむふむ、ちなみにこの勇者たちはどこで召喚されたんじゃ？」

「デプリだよ」

「なるほど……だったら邪竜の件を知っとるのも頷けるのう……」

忌々《いまいま》しい国の名前を告げると、ラブは何かを察したようだ。

「何が頷けるんだ？」

「デプリといえば、『虚飾《きょしょく》の』がおる大迷宮がある。そこの最終守護を任されとる悪意のビシャスが超面倒な奴なんじゃよ。この間の邪竜の一件も、そのビシャカスが封印の一部に細工をしとったから目覚めてしまったんじゃて」

「なるほど」

ビシャカスと蔑《さげす》むほど、ラブはデプリにあるダンジョンの守護者を嫌っているようだ。

詳しく聞くと、ダンジョンコアの名は虚飾のバニシュと言うそうだ。

デプリに存在する大迷宮の二つ名が虚飾と悪意とは、因果関係を感じる。

断崖凍土のダンジョンコアは憤怒、ラブ自身は愛情の守護者と言っていた。

……二つ名をつけるのが流行ってるのか？

「ねえトウジ、勇者ってデプリのダンジョンを踏破するために活動するって本になかった？」

イグニールも会話に交ざる。

「そう言えばそうだね」

初の大迷宮踏破を成し遂げ、此度《こたび》の勇者は真の勇者となって世界に栄光をもたらすとかなんとか、そんな大それたことが書いてあったのを思い出した。

全部分解してスクロールの足しにしたから忘れてたけど、おかげで一つ繋がった。

「デプリのダンジョンで唆《そそのか》されたか」

「そうじゃのう、恐らくビシャスが関わっとる」

ラブも俺の言葉を肯定しながら話す。

「邪竜の存在と復活の情報は、わしとお主とビシャスしか知らんからな」

まったく、厄介なことをしてくれるぜ。

「でも遠く離れたデプリのダンジョンから、どうやってギリスにちょっかいを出すのよ？」

「奴は外界に興味を持っておったし、一時期昔の勇者たちと行動をともにしたり、自らをお助けキャラと呼ばせておったくらいじゃからな？　パパが邪竜をボコボコにした時もその場におったから、如何様《いかよう》にも細工はできるじゃろう。封印する際には珍しく手を貸してくれたんじゃが……本当に信用ならんカスじゃ！」

「うわぁ……聞くだけで面倒そう……」

仲間のフリして近づいて、裏で掻き乱すタイプの奴。

完全なるお邪魔キャラで、悪意という名に相応しい。

「昔っから勇者に固執しとったみたいじゃし、大方試練を与えるとかそんな名目でわしのところに飛び火させたんじゃろうて……まあ、トウジのおかげで未然に防げたし、あのカスの鼻を一つ明かしてやった気分じゃ！」

「そりゃ良かった」

災害を未然に防げたのは結構だが、それで面倒な奴と関わってしまったのは正直辛《つら》い。

勇者なんて逃げるだけで手一杯だってのに、とほほ。

なんだか後々面倒なことになりそうな予感がひしひしとする。

長引かせるのはあまり良い手ではないので、さっさと勇者御一行には退場願いたい。

そこで俺はあることを思いついた。

「ラブ、とりあえずMPが回復する秘薬を渡すから、一つ頼みたいことがあるんだけど」

「ほう、何かのう？」

「それはまあ、見てのお楽しみだ」

◇　◇　◇

「よし、地獄の忍耐エリアが完成したぞ！」

勇者たちが第一外壁エリアで苦戦している間に、みんなでダンジョン作りに勤《いそ》しんだ。

外壁の先、居城の一歩手前に新しい階層を作り、俺流のアレンジを施したのである。

「忍耐エリアとは何かの？」

「お前のやっていた諦めさせるダンジョンに、一手間加えたもんだよ」

忍耐エリア、とは俺のやっていたネトゲに存在していた嫌がらせマップのことだ。

攻撃や移動速度、ジャンプ力などを制限し、アスレチックみたいな道を一本作る。

道中にとにかく邪魔なギミックを仕込んで、一度失敗すると最初からやり直しってことにする。

何度も何度もトライさせては最初からという絶望の淵《ふち》に叩き込むためのエリアだ。

「これが本当に役に立つのかのう？」

広い空間に出来上がった様々なギミックを見ながら、ラブは小首を傾げる。

どうやら、あまり納得していない様子だ。

「甘いな、スイーツの食い過ぎで甘くなってんじゃないか？」

「なぬ？　お主も見たろう、わしの戦法に苦戦する奴らを！」

「それをもっと苦戦させようってことだよ」

深層心理をついて諦めるという選択肢を取らせるのは確かになかなかのもんだ。

俺がやりたいのはそこをさらに発展させた心にぐさっと来るものである。

同じ日本人で、召喚されて早くも勇者という立場を受け入れた高校生諸君。

彼らは、日本に溢れているファンタジーを知っているし、ゲームだって嗜《たしな》んでいるはずだ。

ただの入り組んだダンジョンだと、その知識を利用して小狡《こずる》い真似をするかもしれない。

勇者だから何らかの手段で、奇跡的に最短ルートを選ぶかもしれない。

っていうか、そもそもラブのことだからどっかに直通の扉を作っていて、それを忘れていてそこから目の前にやってきてしまう……なんてことがあるかもしれない！

「相手は勇者だから、何があるかわからない。そんな状況で、迷宮を無闇にごちゃごちゃにして時間を稼ぐのは不味《まず》いかもしれない」

「何が不味いのかのう。心配し過ぎじゃないかの？」

「勇者の力を侮《あなど》るなかれだ。ずっと困難な状況が続いたら、勇者のご都合主義的な力が発動するかもしれないだろ？　だから何となくこの先に何かありそうな……そんな難関を用意する」

クリアできそうな雰囲気を持たせて、死なない保険を用意して、延々とそこにチャレンジさせ続ける方が良いのである。

「道行く先に困難があると、人は立ち向かうか諦めるかの選択をする」

だが、そもそも勇者に諦めるという選択肢は存在しない。

有り余る戦闘力を用いて立ち向かうことを選択するだろう。

どれだけ時間がかかっても、迷宮の中を進み続けるだろう。

道中に強力な敵を配置したりしたら、勇者だからというなんだかよくわからんパワーを発揮して覚醒チックな状況に至るかもしれない。

だからこそ、だからこそ……。

「勇者が覚醒するラインに接触しないギリギリの状況を見極め、心を疲弊させて諦めさせるしかないよ」

手段は、ゲーム感覚に陥ってしまうアスレチックマップ。

戦闘の危険がない代わりに、攻略にものすごい時間を要するというもの。

「なんなら飯も三食つけてやっても良い」

「ええ……」

安心できる状況で同じことをずっと繰り返させるのが大事なのだ。

「この忍耐マップとやらをあっさり超えてしまったらどうするのじゃ？」

「そこは勇者なんだから、あっさりクリアしてもらわないとね」

「ぬう……？」

「また新たな忍耐マップを用意して、チャレンジさせるんだよ」

「クリアされることを前提にするのかの？」

「その通り」

攻略されないことを目標にするよりも、攻略されても良いとするのが大事だ。

勇者はあっさりクリアできるかもしれないが、後続の神官たちはギリギリいけるくらいにした方が良いだろう。

別のルートを使いますと言われるよりも、頑張ってついていきますと言わせた方が、時間は遥かに稼げるからな。

「勇者は早く先に進みたい、でも他の奴らには難しいって状況は、正直めちゃくちゃイライラするし、それで最初からになったら……心に来るだろ？」

「うむう……」

俺の言葉を聞いて、渋々納得するラブだった。

「なんかトウジ、すっごい笑顔だし……」

「黒い笑顔よね」

ジュノーとイグニールが好き放題言っているけど、何とでも言え。

人間長く生きるほど、性格は捻《ひね》くれていくもんなのだ。

「続けるぞ、話を」

「まだ続くのかの……」

当たり前だ、大事なものを忘れてるじゃないか。

「見た目だけ豪華にしたゴミの宝箱を配置して、上げて落とす」

「おぅふ」

ラブはとっくにうんざりした表情になっていた。

まるで生き生きしてる俺の方がおかしい奴みたいなことになってる。

「おちょくるだけおちょくり回して、何度も何度も徒労を味わわせて、周りのできない人間にイライラさせて、その先に……ゴールを用意しよう」

何度も困難を乗り越えた体験をさせて、最後に一つの形を用意すること。

諦めない勇者たちに終わったと思わせる、それが大事なのである。

「ゴール……何かのう？」

「それは見てのお楽しみだ」

勇者にしっかりゴールさせるには、俺のレベルを１００まで上げなければならない。

ってことで、ラブに強いガーディアンを大量に出してもらって、勇者たちが苦労している間に経験値稼ぎといこうじゃないか。

ガーディアンに使用する魔力は俺の秘薬で回復できるし、資源が足りなくなったとしても俺が全て出す。

ジュノーのダンジョンに経験値を稼ぐ場所を作る気はないが、他人のダンジョンなら良い。

うーん、何だか楽しくなってきたぞ。

◇　◇　◇

「ベタベタエリア終わったんじゃ～」

「助かるよ」

「崖に作られたギリギリ通行ゾーンを通る際、突然突風により落とされて、最初に戻ってしまうギミックも追加しておいたのじゃ」

俺が言わなくとも、勝手に嫌がらせを追加してくれているようだ。

なんだかんだ、みんな楽しそうにダンジョン作りをしている。

「ねえねえラブっち、あたし良いこと思いついちゃったし！」

「何かのう？」

「急勾配《きゅうこうばい》な階段を油まみれにするのはどうだし？　見てて面白そうだし！」

「ほほう、そうじゃのう！　生まれたての子鹿みたいに上りそうじゃ！」

「たまに階段が一段消えちゃうようにすれば、転んで滑って落ちていくし！」

「ならば階段の上に、見掛けは金貨の山じゃが実は全部銅貨を設置するかの？」

「……それってさすがに怪しいと思わないし？」

「確かにそうじゃな……ふーむ……」

二人は色んなアイデアを出しながら頭を悩ませる。どれどれ、助言してやろう。

「最初のエリアに本物の金貨を多少積んでおくと良いぞ。たまに本物があると、偽物を掴まされても次は本物なんじゃないかって思うから」

「よくもまあ、そこまで悪どいことを思いつくもんじゃの」

「はは、何度も体験したからな」

ネトゲの課金要素は、こうした闇がいくつも重なり合ってできている。

人は言うんだ、課金はほどほどにしておけって。

でも課金で強くなれる可能性が存在する以上、俺たち廃人は無限に課金してしまう。

……考えるのはよそう、辛くなるだけだ。

「アォン」

「ポチが試作料理の失敗作も置いてみたいって言ってるし」

「……これを味見の機会にする気か？」

「アォン」

その通りだと言わんばかりに、ポチは頷く。

マジか。

「食あたりになりそうなものはやめとけよ」

色々と恨みはあるのだが、殺したいほど憎いかと言われたらそうではない。

相手は子供で、悪いのはデプリの上層部なのだ。

「……！」

「ゴレオがベタベタになった後は、綺麗にできるようお風呂を用意したらだってさ」

「ならば死にはしないが、それなりに熱い風呂を用意しようかの」

「ラブ、火傷《やけど》しないよう氷を隣に準備しておきなさいよ？」

「周りに大量にあるからそれを使えば良いのじゃー」

……こいつら天才か？

いつの間にか正月のバラエティ特番みたいなダンジョンが出来上がっていく。

「見て暇も潰せるし、なかなか良いアイデアばかりじゃのう」

「みんなでお菓子食べながら見るし！」

「うむ！　ポチよ、甘いもの同盟はまだまだ食うぞ！」

「アォーン」

必死に迷宮攻略を頑張る勇者一行とは対照的に和気藹々《わきあいあい》とした雰囲気の中、俺はひたすらゴーレムのゴレオと一緒にオリハルコンガーディアンを倒しまくってレベル上げを行った。

「……！」

「たまには簡単な通路とか、美味しいものを食べさせてあげようだってさ〜」

「飴と鞭《むち》の使い分けじゃのう〜」

「ゴレオ！　そっちは任せてお前は俺とガーディアン狩り！」

何をやっとるか、巨人の秘薬を渡すから早くガーディアンを蹴散《けち》らしてくれ。

じゃないと、俺が押し潰される。

◇　◇　◇

それから三日ほど経過した。

ご飯と日課の時間以外は、その全てをレベル上げに費やし、なんとかレベル１００になることができた。

「おわったああああああああああ!!」

思わず叫び声が出てしまう達成感。

そりゃそうだ、だって思ったよりもレベル上げは大変だったのだから……。

「ようやく終わったかのう？　お主もよくやるのぅ……」

ラブはレベル上げ専用の狩場となってしまった縦穴を見下ろしながら溜息を吐く。

「わざわざ付き合わせて悪かったたな」

「よいよい」

紅茶を一口飲んで、ラブは続ける。

「わしは受け取ったものからガーディアンを生み出しただけじゃし？」

「それでも三日間付き合わせちゃったからね」

膨大な量のオリハルコンガーディアンを一気に狩れば、正直一日でレベル１００は超えるだろうと考えていたのだが、実際にかかった時間は三日。

飯と日課と仮眠以外、付き合ってくれたラブは良い奴過ぎるって話だ。

「よくもまあ、長時間戦い続けられるもんよのう……？」

「本当よね……」

ラブの隣から顔を出したイグニールも呆れた表情だった。

その肩口から、俺の枕を握りしめたジュノーが寝ぼけ眼《まなこ》で姿を現す。

「トウジ、おわったしー？」

「おう、とりあえず俺の枕は没収だ、返せ」

「ダメ！　あたしんだし！」

「いや俺のだよ……」

ケーキのクリームとか、クッキーのこぼれカスとかいっぱいついている時があるから、あいつに貸したままにするのは嫌なんだよ。

ソファベッド代わりにするのは結構だが、綺麗に使って欲しい。

俺が寝る時、いつも甘ったるい匂いになっていてすごく寝苦しいのだ。

他人の漫画を塩や粉がつくタイプのお菓子を食べながら読む行為と同じで、ギルティ。

ちなみに専用の枕を与えても無意味で、絶対俺の枕の裏側にいる。

ダンゴムシみたいに。

「ねえトウジ」

「ん？」

縦穴から這《は》い上がってきた俺に、イグニールが話しかけてくる。

「レベル１００ってどうなの？　何か変わった？」

「いや別に」

キリの良い数字ではあるが、大して変化はない。

ネトゲではレベル１００はただの通過点でしかないのである。

「そうなんだ……次は私がレベル１００にならないとね」

「思ったより大変だったよ……何せ99から１００までが一番長かったからね」

実を言うと、レベル99までは割と快適にレベルが上がっていた。

しかしレベル99になってからが遠かった。

心の中で、あっこれいけるわ余裕って思っていたのだけど、そんな俺の余裕を打ち消すが如《ごと》く
たった1レベル上げるために費やした時間は約二日間。

グループ機能でイグニールやジュノーにも経験値が分配されているが、そんなもんは誤差みたいなものだ。

一緒にレベル上げすれば良いのだが、しっかり者のイグニールには勇者たちの監視をしてもらっていたのである。

甘いもの同盟に任せると、変なことが起こるかもしれないからね。

「よし、勇者はどんな感じ？」

「まだ私たちで用意した区画まで到達してないわね。でも、見事に最短ルートを選んで進んでるから、今日中には到達するんじゃないかしら」

「グッドタイミングだな、準備しよう」

「寝なくて平気？　少し仮眠取っておかないと」

「大丈夫だよ」

多少の疲労はあるが、ついにレベル１００用の装備を身につけることができるってだけで、疲れは吹っ飛んでしまうのだ。

ユニーク級の潜在能力を持ったフル装備、ついでに迷宮守護セット効果を持った装備もレベル

100から装備可能なのである。

ふははは、ステータスが飛躍的に上昇するぞ、装備の説明は落ち着いたらやろうか。

「これで一通りの準備は揃ったから、忍耐エリア以外の作戦をみんなに伝えるぞ」

「なんじゃ？　勇者の面白映像をみんなでお菓子を食べながら見るのではないのかの？」

「それも面白そうだけど、悠長に帰りを待ってる暇はないさ」

あいつらを帰すために、最後の仕上げをするのである。

ここまで来ることになった動機とやらを解消してあげないと、勇者は帰らないのだ。

「じゃ、作戦その一――」

第三章　勇者帰還大作戦

ゴゴゴゴゴゴ――!!

「また震動!?　優斗《ゆうと》くぅん!!」

「安心しろ加奈《かな》!!　大丈夫だ!!」

勇者に抱きつき、これ見よがしに胸を腕に擦り付ける女の子がいる。

勇者本人は、そんな女の子の頭をナチュラルになでなでしていた。

さすがイケメンである。

俺には無理だね、女性の頭をナチュラルになでなでするなんてこと。

「さすが大迷宮！　楽しくなってきた！」

その近くで、長い黒髪を後ろで一つにまとめた大和撫子《やまとなでしこ》のような見た目の女の子が叫ぶ。

剣を携えてあの言動、お淑《しと》やかな容姿とはまるで逆だ。

「優斗！　もう少しペースを落として！　激しい揺れで後ろがついてこれてない！」

「だけど、時間がない！　俺たちは何のためにここに来たんだ！」

杖を持ったローブ姿の女の子が叫ぶが、勇者はなりふり構わず前進する。

「ご心配なさらず！」

後ろから金魚のフンのようについてくる神官の一人が言った。

「我々はこう見えて戦闘に長《た》けています故、後ろは任せてくだされ。今までも困難の中、勇者様に従い続けてきたではないですか！」

それに、と腕を掲げながら神官は続ける。

「奈落墓標にて身につけた腕輪で、我々はいつでも勇者様の位置がわかります！」

「ほら、神官兵士長もそう言ってるから、大丈夫だ由乃《よしの》！」

「でも、ビシャスから邪竜の復活を告げられたのは一ヶ月以上前よね？」

「多分、目覚めてダンジョンの中を彷徨《さまよ》ってるんじゃないかって俺は思ってる」

「そうかしら？　少し違和感があるんだけど……」

「心配し過ぎだよ！　本領を発揮する前に今のうちに俺たちで叩き潰して世界を救おう！」

「だったら良いけど……」

「急ごう！」

そんな会話をしつつ、彼らは大きな揺れの中で罠と敵の存在を警戒しながら、できる限りのスピードで進んで行く。

ちなみに揺れているのは、脅《おど》かす目的で揺れているだけだった。

色々と警戒しているが、魔物もガーディアンも出してないので全て徒労なのである。

しかし、こんな状況下でも迷宮内をしっかり最短ルートで来られるなんて、やはり勇者は何かしらの加護を持っているようだ。

「――ッ!!」

唐突に、通路の天井から大きな氷の壁が突き出す。

「みんな、上から来るぞ。気をつけろ！」

警戒を告げる勇者の叫び声。

氷の壁はドゴォンと大きな音をたてて、勇者たちと金魚のフンを分断した。

「神官兵士長！」

「勇者様！　心配はいりませぬ！　場所はわかりますから！」

透明な氷の壁を挟んで、腕輪を見せつける神官兵士長とやら。

金魚のフン連中の親玉だろうか。

「わかった！　なら俺たちは先に進むよ！」

「はい！　必ず追いつきますので！」

勇者は強く頷くと、彼らを置き去りにしてそのまま先に進み始める。

それにしても、位置がわかる腕輪とは……厄介な装備をつけているもんだ。

「すぐに迂回路を探せ！　勇者の場所は私が探る！」

「はっ！」

……勇者が見えなくなった途端に、様付けをしなくなった。

ふーむ、やはり子供だからと舐めているのだろうか？

何にせよ、勇者たちがアイテムボックスなどの便利系スキルを持っていないという話が本当だとしたら、これで兵糧攻めがますます通用するようになる。

「兵士長様！」

「どうした！」

「何か、音がします……揺れの中に混ざって、音が！」

「なに？」

分断された神官たちの中の一人が、キョロキョロと周囲を見渡しながら叫んだ。

耳が良いのか、勘が良いのか。

ご明察、彼らに押し寄せる罠は決まっている……水責めの刑だ。

「兵士長おおおおお！　後ろから、水があああああ！」

「な、何!?　全員障壁を展開し水圧に備え耐えよ！　水流の勢いをできる限りなくし、どこかに脱出口がないか探すのだ！」

神官たちが横並びとなり詠唱すると、薄白い障壁が展開し鉄砲水を堰《せ》き止める。

「ぐぅうううっ！」

「くあっ！」

「全力で耐えろ！　耐えるのだ！」

おー、結構勢いをつけた海水を流しているのだが耐えるか。

勇者の行軍に選ばれるだけあり、なかなか高い練度だ。

だが、水責めは一つではない。

ドボォッ！　ドボォッ！

「兵士長！　左右から、いや上からも下からも水が！」

「溺死《できし》の罠か……全員障壁で囲いを作り空気を確保しろ！」

流れに押し潰されるよりも水没による死の危険を感じたのか、全員が空気の確保に動き出した。

必死の形相で頭をフル回転させて指示を出していた神官兵士長だったが、その表情はいつの間にか困惑へと変わっていく。

「……む？」

「兵士長！　水が引いていきます！」

すさまじい勢いで押し寄せていた水はすぐに弱くなり、腰のあたりにまで到達していた水嵩《みずかさ》はダンジョンに吸われてくるぶし程度になっていた。

「……耐え切ったのか？」

全員が安堵の表情を作り、ほっと胸を撫で下ろす中、壁の中から何かが出てきた。

「ぉぉぉぉ～」

ちゅる、にゅぽんっ。

ナマズのようなトゥルトゥルの艶感《つやかん》を持った四本足の魔物である。

「……な、なんだ？」

「ナマズの魔物の、子供……ですかね兵士長？」

「わからん……だが、貴重な食料だから確保する」

「ぉぉぉ～っ」

「あっ、神官兵士長！　似たような魔物を見たことがあります！」

「ほう、何かわかるのか？　食えるのか？」

「海地獄に似ております！　でも、本来の海地獄より相当小さいですが！」

「ならば海地獄の子供か……こいつを飼い慣らせば、いずれは大戦力になるかもしれんな」

「海に生息する魔物ですから、内地のデプリでは少し難しいかもしれません！」

「ならば裏で取引しているギリスの商会に流すか。あの商会は飛行船を作ると言っておきながら未だに着手しとらんからな、こいつがいれば危険な海路を渡れる船を作れるだろう」

「さすがです、神官兵士長！」

ギリス、飛行船、商会、次々と出てくるワード。こいつがオスロー失踪事件の元凶であるC．Bファクトリーの取引先なのだろうか。

だとしたら教会の中でもかなり地位の高い人物なのかもしれない。

「では捕らえろ」

「はっ！」

神官たちは水浸しになった通路をバシャバシャと歩いて、小さな魔物を捕らえにかかる。

「おおおっ！」

必死に隅っこに逃げる魔物。

「大人しくしろ！　痛くはしないからな！」

「はは、躾《しつ》けはかなり厳しくなるかもしれないがな！」

「教会が魔物を飼うなんて、本来はあっちゃいけないから仕方ない」

ニヤリと顔を歪めながら、ジリジリと魔物に近づく神官たち。

そこで魔物がポンッと煙を上げた。

「……ん？」

「……え？」

「……は？」

時間切れだ、少し狭いけど我慢してくれよ――ワルプ。

「ォォォォォォオオオオオオオオオオオオオオオ!!」

「た、退きゃ――」

本来の大きさを取り戻し、通路いっぱいに膨れ上がる海地獄。

スタンと暗黒が発動して、海水に足がついている奴ら……すなわち全員が固まった。

今回ワルプに使ったのは小人の秘薬。

飲んだ対象を子供の時の姿にしてしまう、というものだ。

お疲れ様、と通路いっぱいギチギチになってしまったワルプを心の中で労いながら、俺は固まってしまった神官たちに近づいた。

喋らないのは、彼らはスタンと暗黒で動けないし見えないが声だけは聞こえるからである。

よし、位置が確認できると言っていた腕輪をチェックしよう。

勇者の位置情報を追えるアイテムは、俺が一番欲するものだ。

【支配の腕輪】交換不可
必要レベル：50
UG回数：5
特殊強化：◇◇◇◇◇◇◇◇◇
限界の槌《つち》：2
装備効果：隷属《れいぞく》の腕輪を身につける者を支配することができる
※装着時交換不可装備、業《ごう》のハサミを使用することで交換不可状態を解除できる

……わあ、とんでもねぇ腕輪だった。

つまり、勇者たちはすでに隷属の腕輪をつけているってことになる。

こいつら、まだ高校生の少年少女たちになんてことを……。

きな臭いとは思っていたが、本当にヤバい国だった。

散々とばっちりを受けたから「まったくこれだから勇者は……」なんて思っていたが、実は彼らもヤバい立ち位置にいるのかもしれない。

くそ、俺はこんなもの求めていない。

こんなものを知ってしまったら、勇者をストレスの捌《は》け口にできないじゃないか。

「……」

つけたままにしておくか、壊すか。

どちらかをここで選ばなきゃいけないのだが、普通にぶっ壊すことにした。

《このアイテムは再回収できません》
《はい／いいえ》

悩まずに《はい》を選択する俺は、甘いのかもしれない。

しかし、彼らは一応同郷の子供だ。

殺すか殺されるか、そんな関係になってしまうのだけは避けたかった。

「……っ！」

やや憤《いきどお》りながら、神官兵士長の腕を持って腕輪を見た目だけ似せた適当なものと取り替える。

そして支配の腕輪をぶっ壊した。

次に、固まっている神官たちの中から男性と女性の髪の毛を一本ずついただき、ちょろっと指を切って血液をいただいてから変身の秘薬を作る。

何をやるかというと、神官一行に紛《まぎ》れ込むのだ。

鏡に映し出される姿はしっかりと音も聞こえており、敵情視察は十分にできるのだが、まだまだ何か隠しているかもしれないので、紛れて確かめることにする。

パチッ。

指を鳴らすと、壁からレバーがニョキッと生える。

これを引けば、こいつらは水流によって俺らの作り出した忍耐アスレチックエリアに送り込まれるという寸法だ。

今回、サモンモンスターたちはポチを残して図鑑に入り、イグニールは俺のサポート役として女性神官に成り代わる。サモンモンスターは必要があれば、その都度こっそり召喚して適材適所でお邪魔キャラを演じてもらう形だ。

え？　なんでポチだけ残しているのかって？

ポチはラブの魔力の供給源として、特製スイーツ作りに精を出している。

ポンコツ二人のお守りを任せたぞ、ポチ。

「……」

一緒に来たイグニールを見ると、すでに女性神官の姿になっていた。

声は変わらないが、服装も変えられるからすごく楽な秘薬である。

それにしても、化粧がなくても割と派手めなイグニールの顔つきが、素朴な女性神官のものになると、なんとなく違和感がある。

今のうちに顔を覚えて、間違えないように気をつけないと……。

さてと俺も男性神官の一人に変身し、みんなでウォータースライダーを楽しもうか。

はい、ガチャコンっと。

ガコッ！

レバーを引いた瞬間、床が消え地下へ伸びるスロープが現れた。

溜まっていた水と一緒に、全員が流されていく。

「――な、なんだこれは⁉」

ワルプを戻したことにより、スタンと暗黒の効果が解除された。

「な、なんだ、うわあああああああ！」

「きゃ、きゃあああああ！」

神官たちが阿鼻叫喚《あびきょうかん》で滑り落ちていく中、俺とイグニールも空気を読んで叫ぶ。

「うわー」

「きゃー」

俺とイグニールは適度に困難を演出する盛り上げ役と、もしこいつらがクリアできなかった時のお助けキャラみたいな立ち位置だ。

ゲームで言うところのＮＰＣである。

なんだかテンションが上がってきた、頑張りましょうかね！

「ロック鳥は苦手なのに、これは得意なのね……」

滑り落ちる最中、イグニールが俺の腕にしがみついていた。

「死ぬ危険がないからな」

顔を近づけ合いヒソヒソ声で喋るのだが、周りはずっと叫び声を上げているので普通に喋っても
バレないだろう。

「で、結局作戦の肝を教えてもらってないんだけど……？」

「それは言っただろ？　見てのお楽しみだって」

◇◇◇

「うおおおおおあああああああーっ!!」

神官御一行は、ウォータースライダーによってみんな仲良くアスレチックにご来場した。

「神官長!?　な、なんだなんだ!?」

タイミング良く、先行した勇者たちも会場に辿り着いていた。

「勇者様!?　どうしてここに!?　罠の先だと思ったのですか……まさか勇者様も？」

「いや、俺たちはそんなヘマはしてないよ」

ずぶ濡れの神官兵士長を見下ろしながら、勇者は言葉を続ける。

「普通に進んでいたら、ここに辿り着いたんだ」

「そ、そうですか……」

神官兵士長は立ち上がって勇者に頭を下げると、すぐさま後ろを振り返り、まだ混乱から立ち直っていない神官たちを取りまとめにかかった。

「さあ、いつまでも情けなく転がってないで整列！」

「はっ！」

俺とイグニールも適当にその中に交ざる。

まったく警戒されていないので、ひとまず潜入は成功といったところだな……げっ。

点呼の最中、俺は見てしまった。

神官兵士長の目がギリギリと険《けわ》しくなっていく姿を、である。

勇者の言い方は確かに見下したような言い方で癪《しゃく》に障るかもしれないが、そこは保護者みたいなもんなんだから大目に見てやれよと思うんだけど。

教会にとって勇者はかなり特別で神聖な立場だと思うのだが、なんともきな臭い。

修行した宗教者の姿など感じなかった。

ギリギリと歯軋《はぎし》りしている音すら聞こえるのだが、それを見ている神官たちは何食わぬ顔で点呼を続けている。

これが勇者の日常なのだろうか。

腕輪の件もあるし、彼らの置かれた状況はかなり酷いのかもしれない。

「勇者様！　神官兵士団、全員無事でございます！」

点呼が終わり、神官兵士長は表情をコロッと変えて勇者に報告する。

「良かった。一人も欠けることは許さないよ。勇者の名において」

「はっ！　光栄であります！」

裏の部分を見ているから、このやり取りを聞いてなんとも言えない気持ちになった。

「それで……罠じゃなければ、ここはいったいどこなのでしょう……？」

神官兵士長が大部屋を見渡しながら勇者に尋ねる。

「わからない」

全員の前には、底も見えない奈落から生えた巨大な氷の柱が点在し、途中が崩《くず》れている階段や坂道、壁沿いには人がギリギリ通れるか通れないかの細道。

天井からはロープが不自然に垂れており、まるでこのロープを使って渡れよと言っているかのようだった。

さらに、アスレチックの先にはデカイ扉と宝箱が存在し、危険な道を通っていくしかないと強く示している。

「けど、ここまでほとんど一方通行だったから行くしかないよ」

さすがに露骨過ぎたかなと思ったけど、勇者は疑うことすらしなかった。

使命の前には、罠も何でもないとでも言わんばかり。

「……さすがにこれは情報にないので危険です……万が一にも奈落へ落ちてしまったら……」

普通はこうだ。

勇者のわがままに付き合わされて、そりゃ神官たちに不満も溜まるか？

「優斗くぅん、こ、こここ怖いですぅ！」

「落ち着け加奈。大丈夫だ、俺がいる」

かっこいい言葉を呟きながら、勇者は続ける。

「兵士長の言う通り、落ちてしまえば一巻の終わりに見えるが……果たしてどうかな？」

「どういうことでしょう？　勇者様、何か知っているのですか？」

「普通のダンジョンなら、こんな風に回りくどい地形は作らない。守護者を置いて通さないようにするはずだ。人為的に作られたこれはダンジョンからの挑戦状」

ふむ、馬鹿ではないようだ。

「俺の世界の知識が正しいとするなら多分落ちても死なないよ。大昔にも俺たちみたいな勇者はいたらしいし、彼らから教えられてこんなダンジョンを作ったんじゃないかな？」

「そんなまさか……？　死なないなんて……？」

なんと、勇者も忍耐エリアの知識を有していたか。

確かに俺たちのいた世界の知識がなければ、こんな地形は作れない。

そう踏まえて、勇者は死なないと言い切ったのである。

「優斗、本当にそう思うの？」

「断言はできないし勘だけど、殺しに来るような雰囲気は感じないよ」

「まあ、優斗の勇者としての勘は何故か当たるっぽいし、私は乗った」

「ありがとう由乃。それに道がここしかないのなら行くしかないよ」

「私も先に進む案に乗ろう。早くしないと世界が終わるかもしれない」

ローブの女の子とポニーテールの女の子が前に出る。

「し、しかし……やはりそのようなことは……」

ゲームを知らない神官たちは奈落を覗いて生唾《なまつば》を呑んで尻込みする。

これから行くか行かないかの議論が始まるのだろうが、俺は助け舟を出すことにした。

「ああー、しまったー！」

「ッ⁉」

みんなの視線が俺の方に集まる。

俺はドジっ子のフリをして、持たされた武器を奈落の底に蹴落とした。

落としたものを拾おうとして間違って蹴ってしまう現象である。

「ああっ、武器が！」

「何をやっている！　支給品は大切にしろとあれほど……む？」

武器は奈落に落ちた瞬間、シュンと俺たちが立っているところに戻ってきた。

「な、に……？」

「ビンゴだな、俺の予想は合っていた」

目の前で起きた現象を訝《いぶか》しむ神官兵士長と、確信する勇者。

そうだそうだ、落ちても絶対死なないから早く挑戦しろ。

せっかく作ったアスレチックに挑戦する勇者たちを見たいんだ。

鏡を通して見ているラブたちも、多分早くせい早くせいと急《せ》かしているだろう。

「神官兵士長、死なないよ。死なないから大丈夫だ！」

グッと拳を握り締めた勇者は、跳躍《ちょうやく》して奈落の底から伸びる氷の柱に着地し振り返った。

「行こう！　武器が戻ってきたのを見ただろう？　これはダンジョンからの挑戦状さ！　だったら乗り越えて、ダンジョンに一泡吹かせてや――うわっ⁉」

「優斗くぅん⁉」

勇者がかっこいいセリフを叫んでいる間に、足場が崩壊した。

スタート地点に戻ってきて、自ら死なないことを実証する。

悠長に演説している暇はないぞ、勇者。

長時間乗っていると勝手に崩壊してまた新しく生成される仕組みだからね。

ものの見事に出鼻を挫《くじ》くことができて、にやけ顔を堪えるので精一杯だった。

勇者のチャレンジが、今始まる！

◇　◇　◇

「崩壊する柱をクリアした者は、すぐ先にある橋で待機！」

「はっ！」

「馬鹿者！　橋には偶数で乗れと言っただろうが！」

「す、すいません！」

崩壊する氷柱から橋に渡ると神官兵士長に怒られてしまった。

すぐに橋は揺れ始め、ぼろぼろと崩壊を始める。

「あああ〜〜〜！　何やってんだ〜〜〜！」

はい、みんな奈落に落ちて最初からやり直しだ。

「……あんた、わざと失敗してない？」

「……わかる？」

スタート地点に戻って来ると、イグニールから小言を言われてしまった。

確かに少々ふざけ過ぎたのかもしれない。

でも、でも……トロール行為が楽し過ぎてやめられない！

トロール行為とは、わざと失敗したりして味方に迷惑をかける害悪行為のことを指すゲーム用語である。

ちなみに俺が怒られていた橋は、氷柱を渡り切った先にある難所だ。

天秤のようになっていて、均等に乗らなければ折れて崩壊する仕組みである。

俺でちょうど偶数だったら、わざとジャンプに失敗し、奇数だったら焦ったフリして飛び乗って橋を崩壊させるのだ。

「そろそろいい加減にしないと、神官兵士長のあの顔を見てみなさいよ」

「わかってるわかってる」

ふざけ過ぎた結果、神官兵士長の表情はとんでもないことになっていた。

「ぐぬぬぬぬぬううううう……！」

黒子頭巾《くろこずきん》から覗く目は血走っており、薄《うっす》ら見える表情はどうにか怒りを押し殺さんとしている。

血管がブチ切れそうなくらい、体が小刻みにぴくぴくと揺れている。

「神官兵士長！　早く彼らを次に進めてくれ！」

「わ、わかっておりますとも勇者様！」

先に安全となっている中継地点の足場に辿り着いた勇者たちは、トロール野郎に足を引っ張られている神官兵士長の苦労も知らずに急かしていた。

中継地点は挑戦者の半数以上が乗っていないと先に進めない仕組みである。

「早くしないかー!!」

「は、はひっ！」

神官兵士長の怒声に、ドジっ子神官を装う俺もビビりながら挑戦を続ける。

しかし急かされた結果、俺がまたもミスをして最初からという悪循環。

上の立場の人間はこういう時、冷静になることが大切なのだが、イライラでそのことを完全に忘れてしまっているようだ。

ドボボボボボッ！　ザバァッ！

「やばい時間切れだ！　上から水流が来た！　くうっ、もう一度最初からか！」

「えー！　またぁ!?」

「まったく、神官兵士たちには足を引っ張られてばかりだな」

「……先に中継地点に辿り着いても、定期的に水に押し流されて最初からだなんて、これを作った奴は相当性格が捻くれてるタイプよ、本当に」

勇者、聖女、剣聖、賢者の順番で愚痴を零す。

この水流の仕組みに、最初は抵抗していた勇者たちだが、水流が発生している間に同じ場所に留まっていると足場そのものが消えてしまうことが判明し、もはや抵抗することすら諦めてしまった。

俺がトロール行為をしている間、彼らは先に進めないのである。

「……神官兵士長、いい加減にしろ」

「け、剣聖様！　も、申し訳ありません！」

「私は早くこのふざけた場所を突破し、邪竜と戦いたいんだ」

「申し訳ありません！　申し訳ありません！」

剣聖のポニーテール少女は短気なのか、鋭い視線を神官兵士長に向けていた。

平謝りする神官兵士長は、まるで中間管理職である。

「小夜《さよ》、冷静さを失ったら相手の思う壺だ。チャレンジは何度もできるから頑張ろう」

「優斗がそう言うのなら……わかった」

勇者に宥められた剣聖は、舌打ちをして再び氷柱に飛び移っていった。

ポンポンポンと軽快な足取りでの大跳躍。

やはり普通の人でもクリアできるように作ったアトラクションでは、勇者たちの足を止めるのは難しいようだ。

「小夜は気が短いタイプだけど、今だけだから気にしないでね神官兵士長」

「わかっておりますとも、賢者様」

「私が風魔法で全員をゴールまで飛ばしてあげたいんだけどね」

「賢者様のせいではありません……」

「まったく、少しでもせこい真似したら三十分、全ての足場がなくなるなんて……マジでムカつくわね、このダンジョン……」

「申し訳ありません……わたくしどもの力が及ばないばかりに……」

「まあ、ある程度のサポートは可能みたいだから、全員に風の加護を渡しておくわよ。ステータスが補助されればそれだけ失敗はなくなるはずだから、今度こそみんなで乗り越えるわよ」

「ありがたいお言葉です！　貴様らぁっ！　賢者様が我々に補助魔法をかけてくださる！　次から失敗はするな！」

「はっ！」

俺も神官たちの中に交ざって元気に返事をしておく。

「白々しいわね……」

「ははは、時間稼ぎだって」

ジト目になって俺を見つめるイグニールだが、大丈夫だ。

このステージには相応の救済措置だって施してあるんだからね。

勇者が不思議なパワーを出さない秘訣としては、適度なガス抜きが重要である。

失敗失敗の繰り返しの中で、何かしらのラッキーに恵まれて台無しにされる前に、先んじて手を打っておいたのだ。

それは、あと十回ほど失敗して振り出しに戻ることによって生じる。

「あっ！」

「またお前か貴様ああああああ！」

わざと転んで氷柱に飛び移る前に転落するドジな神官こと俺に怒声が降り注ぐ。

奈落に落ちながら次はどんな失敗をしようかな、と考えていると……。

ゴゴゴゴゴゴゴ！

落ちゆく俺の下から氷柱が姿を現した。

ついに救済措置の発動である。

「なに⁉　どういうことだ⁉」

「な、ななな、なんですかねこれぇっ⁉」

わざとらしく反応するが全ては予定調和で、合計百回くらい失敗してやり直すと、次から救済措置として崩壊しない足場が中継地点まで現れるのだ。

「中継地点まで繋がってます、神官兵士長！」

「なんということだ……」

「なによ、それ……私たち、バカみたいじゃないの……」

出来上がった道を見つめて顔に手を当てる賢者ちゃん。

そうだよ、バカだよ。

「……と、とにかくみんな！　次に進めるショートカットができたから良いじゃないか！　全員スタート地点に戻り、あの柱を伝って進もう！」

「はっ！」

今までの苦労はなんだったんだと全員が言葉を失う中、イケメン勇者がなんとか取りなす。

適度にイライラ、適度にギスギス、適度に順調。

これが勇者パワーを発揮させないための秘訣なのだ。

「す、すすす、すいません！　失敗してばかりで！」

「失敗はつきものさ。君のおかげでみんな次に進めるんだから、感謝してるよ！」

ドジな神官をフォローしてくれる勇者。

爽やかスマイルが眩《まぶ》し過ぎてびっくりした。

「勇者様ぁっ」

適当に感激したフリをしつつ、ショートカットを使って次へと進む勇者を見送った。

うむ、次も頑張ってくれたまえ。

このアスレチックエリアのゴールには、お前の目的が待ち受けているんだからな。

「あっ、やばい足が滑った！」

「ちょっと、それ私！　それにもう滑る必要ないでしょ！」

「あ、ごめん」

誰かを巻き込んで適当に奈落に落ちるつもりだったのだが、ちょうど隣にいたイグニールを引っ張ってしまっていたようだ。

彼女はふざけるつもりはなく、いつの間にか神官たちと一緒にアスレチックを楽しむようになっていた。

当初の目的はどうしたのやら……でも、性格的にこういったチャレンジものには燃えてくるタイプだろうし、遊ばせておこうと思う。

◇　◇　◇

さて、第二関門はベタベタ、ヌルヌル、ネバネバエリアとなっている。

主にこの辺はジュノーが作った場所なので、そこまで期待はしていなかった。

「おわあああああああ！」

「バ、バカ！　来るな、来るなあああ！」

しかし思いの外、みんな苦戦していた。

たまに階段が一段すっぽ抜けてしまうヌルヌル階段ゾーンでは、目論見通り先頭の一人が転んであとは雪崩《なだれ》式である。

ヌルヌルステーンと転げ落ちていく神官たちの様子は痛快だった。

勇者たちも何度かヌルステンしたが、あまり無様な様子を晒《さら》すことはなく、持ち前の運動能力で早々にクリアし、次のトリモチクライミングに移動している。

トリモチクライミングとは、ネバネバベタベタしたトリモチに包まれた柱のこと。

上手い具合に手足をくっつけて登れば、わりかし簡単にクリアできるだろうと思っていたのだが、髪の長い女の子はめちゃくちゃ苦労しているようだった。

「くっ、私のポニテが！」

「小夜！　水をかければ取れるっぽいから引っ張らないの！」

「くうっ、屈辱だ」

ポニーテールが印象的な剣聖がトリモチに苦戦し、イライラを募《つの》らせている。

賢者の言う通り、水によってベタベタの性質は消えるのだが、範囲を間違えると水をかけた場所一帯の粘着力がなくなって奈落に真っ逆さまだ。

落ちたらヌルヌル階段ゾーンからやり直しとなる。

「慎重に、慎重に水をかけるんだ由乃！」

「わかってるわよ。優斗は黙って上を目指しなさい！」

「了解！　くっ、ベタベタして登りづらいが……道はここしかないか！」

「ま、待ってよ優斗ぉ～！　わ、私も服がひっついてて！」

スカートとかひらひらした服を着ていたら厄介だろうな。

裸足になって、できるだけ服をくっつけないようにして登るのがコツである。

これに関しては救済措置は存在しない。

ただ、ある程度失敗するとおちょくるように全身タイツが出現する。

圧倒的に登り易《やす》いが、着るか着ないかは自分次第ってところだ。

「ほら、次だ次！　数をこなして慣れていけ！」

「はい」

神官兵士長に急かされて俺もヌルヌル階段に着手する。

あと三回くらいはヌルステンして、みんなで雪崩ごっこしようと思っていた。

「……先に行くわね」

「はい、どうぞ」

俺のトロール行為を予期したのか、イグニールが先に行く。

俺もさすがに彼女を巻き込んでヌルステンする気はないので先に行かせた。

そんな彼女の後ろ姿を見ながら階段を慎重に登っていくわけだが、突如視界がブレた。

「きゃっ！」

ヌルステン。

「うおっ⁉」

上からイグニールが降ってきた。

彼女のお尻が俺の顔面を強打し、そのまま後続を巻き込んでヌルァァァァア！

「ご、ごごごめんなさい！」

「あがががががっ‼」

イグニールの装備はかなり強化してあるので、俺にもダメージが通ってしまう。

打ちつけた際もかなり痛かったのだが、今は滑走するボードの役目を俺の顔面が果たしているわけだから、階段の段差で後頭部がガガガガガッ。

「だ、大丈夫⁉ ね、ねえ！ 死んでないわよね⁉」

滑り落ちてスタート地点に戻されて、チーンと横たわる俺のところにイグニールが血相を変えて駆けて来て上半身を抱きかかえるのだが……ヌルスポンッ！

体に付着した油はエリアを離れて一分後までは効力があるので、彼女の腕からすっぽり抜けて、俺は後頭部を激しく地面に打ち付けてしまった。

「ぺゃ――」

「――ちょっ⁉」

イグニールのオーバーキルに、周りにいた神官たちがギョッとする。

「ち、治療魔術を早く！ 早く施せ！ さっきのは絶対ヤバい！」

「後遺症が残ってもおかしくないレベルの事故だぞ！」

「マリアンヌのでけぇケツの下敷きになってたからな！」

マリアンヌとは、イグニールが変身した女性神官の名前。

「誰がデカいよ！ 滑るんだからしょうがないじゃないの！」

「いいから早く治療だー！」

わらわらと神官たちが駆け寄って来て治療を施してくれる。

こうして内部に潜入してみてわかったのだが、結束力は悪くない。

助け合いながら、なんとか勇者たちの後ろをついていっている。

彼らは上から命令されているだけであって、勇者のことなんかどうでもいいのかもしれない。

彼らにも家族がいたりするんだから、あくまで仕事で従っているのだろう。

やはり真の敵というか、警戒すべきは俺たちを召喚したデプリ上層部だ。

◇　◇　◇

それから遅れること数十時間。

かなり長い時間をかけて、勇者たちは俺というお荷物神官を抱えたまま、なんとかアスレチックエリアの最終ステージへと辿り着いた。

ここに来るまで色々なことがあったのだが、俺の思惑とは裏腹に、勇者たちはそこまで精神的ダメージを受けていなかった。

うんざりしているのは確かだが、やはりゲーム感覚というものが染み付いており、ステージをクリアするにつれて楽しむようになっていた。

皮肉にも俺のトロール行為は様式美となり、みんなが俺を助けながら少しずつ前に進んでいくという図式になっていた。

神官兵士長ただ一人が、使えない部下や食料とか物資の問題を気にやんで、最初に比べて白髪が増えたようだった。

支配の腕輪なんか持っていた罰である。

もちろんトロール行為をしまくっていた俺にも、まんまとポチの試作料理が当たるという罰が下っていた。

……チャラだ、これで。

「ようやく最後か……」

勇者がごくりと息を呑んで先陣を切る。

最初のトラップを引き受けるのは、圧倒的スペックを持つ彼の役目だ。

「最後に全員振り出しに戻るとかないよね？」

勇者の目の前に存在する最後の足場には、宝箱が設置されている。

それを前にして不安そうな表情を作る聖女。

「加奈、それは行って確かめるしかない」

「見るからに怪しい宝箱なんだけど……？」

「由乃、だから俺が先陣を切るのさ」

訝しむ賢者に対して、イケメンスマイルとサムズアップをお見舞いする勇者。

一応、何かギミックが作動しないかどうか確認するために一分ほど待機。

その間、シーンとした空気が流れて、めちゃくちゃシュールだった。

「どうやら足場が崩れることはないみたいだ！　よし、行くよ！」

ギミックが発動しないことを確認した勇者が宝箱に近づいた時、宝箱が自ら開く。

「――ッ!!　時間差トラップか!?」

全員が身構えるが、その宝箱は近づくと自動的に開くだけで何の罠もない。

ただ、ビクッとさせるためだけに用意していたのだ。

すごい罠が待ち受けていたら対抗心を燃やすだろうけど、こういうちまっとした嫌がらせにはすごくイラついてしまうのが人間なのである。

最後の最後に微妙なものを持ってくることで、勇者パワーを回避。

クリアが難しくても救済措置があることで、勇者パワーを回避。

さらには楽しんでクリアしていくことにより、勇者パワーを回避。

ここまでに存在していたギミックは、全て勇者の力を削《そ》ぐためにある。

シリアス展開には、断じてさせないという俺の絶対的な意思が存在していた。

「ん？　なんか紙切れがあるよ……メモ帳っぽい？」

宝箱の中に、何かが入っているのを勇者が見つける。

「この期に及んでなんだ？　優斗、早く読め」

「わかった」

ポニーテール剣聖に急かされて、勇者はみんなに聞こえるように内容を読みあげた。

「えっと……この先は、我と直接対決する場所だ。だが、大きく消耗した貴様らが勝てると思うなよ？　ここまで来れた努力に免じて選択肢をやろう。今から奈落に飛び込み、スタート地点へ戻れば、そのまま迷宮の入り口に戻してやる」

この先に目的のボスがいることを告げるメッセージと帰れ勧告である。

「……これは、邪竜からのメッセージか！」

誰からの手紙かもわからんのに、都合よく解釈した勇者は手紙を握り潰した。

「ようやくここまで辿り着いたんだ……俺たちに戻るなんて選択肢はない！」

叫びながら鋭い視線を宝箱の後ろに存在する大きな扉に向ける。

どうやら戻る気はさらさらなさそうだ。

さて、彼らの固い意志も確認できたことだし、最後の一芝居を打つ時である。

俺は隊列を組む神官たちの中からクイックを用いて走り抜けた。

「あっ!?　な、何!?」

賢者の持っていた杖をぶんどりながら足場を飛び越えて最後の扉の前へ向かう。

「マルコス！　貴様！　いったい自分が何をしたのか理解しているのか！」

マルコスとは、俺が成り代わった男性神官のこと。

いきなりの暴挙に神官兵士長の怒声が響くが、俺は鼻で笑って呟く。

「フッ、お前たちの力はすぐ近くで確かめさせてもらった」

「何だとマルコス？　お前、まさか……邪竜か？」

「私が邪竜？　滅相もない！　私は邪竜様を復活させるための使徒である！」

仰々《ぎょうぎょう》しく叫ぶと、神官たちがザワザワと騒《ざわ》めいていた。

マルコスはそんな奴じゃなかったはずだ、という風に。

「ってことは冴えない神官のフリをしながら、散々私たちの邪魔をしてたってわけね？」

賢者の言葉に頷いておく。

「ああ、そうだとも。イライラする姿は実に滑稽《こっけい》だった」

「性格悪過ぎ」

「何とでも言え、たっぷり時間をかけてくれたおかげで、封印解除の準備が全て整った」

「くっ！　ここまでの時間稼ぎはそういうことだったのか！　貴様、ビシャスの回し者か！」

「その通り！　私はビシャス様に遣わされた悪神の使徒！　全ては教会のため！」

勇者が勝手にビシャスのせいにしてくれたので、適当に乗っておく。

まあ、真実とそれほど違わないからね。

この間の邪竜復活もビシャスとやらがしでかしたらしいし、ついでに教会のためとか適当に言っといて教会に罪を擦《なす》りつけておくことにする。

「何が目的だ！」

「大義のために、私は邪竜を復活させる！　デプリ万歳！　デプリ万歳！」

まるで責任は全てデプリにあるとでも言わんばかりの言葉を並べた。

さすがにこれでデプリ側に疑問を抱くってことはないだろうけど、いつかどこかで綻《ほころ》びが生まれた時、俺の言葉を思い出して欲しい。

何かしらの火種にはなるだろう。

むしろビシャスのいる奈落墓標を攻略するために、デプリに籠っててください。

「邪竜様！　今行きます！」

良いタイミングでラブが扉を開けてくれたので最後の部屋に入る。

「くっ、待て！」

「ちょっと、それ私の杖！　返しなさい！」

何が私の杖だよ、他人から奪った奴だろうに。

この杖の持ち主はウィンストだ。

俺が責任を持って元の持ち主に返させていただく。

「この杖は、邪竜復活の触媒にちょうど良い」

「ああ！　わ、私の杖！」

手の上に掲げてインベントリに収納した。

触媒にされてなくなったと思ったら、取り返そうとは思わないだろう。

さてと、霊気は溜まってるかな？

【不滅の指輪】 100／100
必要レベル：100
VIT：10
UG回数：3
特殊強化：◇◇◇◇◇ ◇◇◇◇◇ ◇◇◇◇◇
限界の槌：2
装備効果：HP20％以上を保持する時、それを超えるダメージを受けた場合、HP残り1で耐える　霊装（イビルテール）
＝＝＝＝＝
潜在等級：ユニーク
潜在能力：全ステータス＋15％　VIT＋15％　VIT＋15％

よし、しっかり溜まっている。
ゴレオに裏でガーディアンを狩らせて、予めマックスにしておいたのだ。
じゃあ、いよいよフィナーレだ。

これが最後のアトラクションだぞ、勇者。

六十秒間の邪竜チャレンジ頑張ってくれ。


「顕現《けんげん》せよ——イビルテール！」

「グォォォォォオオオオオオオオオオオオオ!!」


大きな咆哮《ほうこう》を上げて、不滅の指輪に宿ったイビルテールが出現した。

この時のために、最後の扉の奥には相応の巨大な部屋を構えている。

ついでに地震も起こしてそれっぽい演出も追加だ。

「あ、あれが災厄の邪竜……」

マリアンヌに扮《ふん》したイグニールが、さも不安そうな声色で呟く。

「こ、こんなに巨大な……」

「まるで世界の、この世の終わりだ……」

「あ、あれは……し、しし、死……」

不安が伝染し、周りにいた神官たちは恐怖で動けなくなっていた。

生で見ると怖いよな、俺だってそうだった。

でも、今回は俺の味方なのだが——ゴフッ!?

『なっ⁉』

一同が驚く。邪竜が、復活させた俺を攻撃したからだ。

強烈な尻尾《しっぽ》による一撃で、俺は激しく壁に叩きつけられた。

不滅の指輪の効果により、ＨＰが１だけ残る。

「……私たちの魂を束縛し、いったい何をさせるかと思えば」

「……くだらん。儂等《わしら》の自由を奪いおって、たわけが」

「ギャォォォォオオオオオ！」

三つの首が、それぞれ長男次男三男の順に喋り出す。

……どういうことだ、俺を攻撃するなんて。

図鑑に登録されたサモンモンスターとはまた違った立ち位置なのだろうか。

確かに、滅びたとしても元の霊魂はドロップアイテムとして残っている。

つまり自我は前と同じ状態だと言えるわけで、俺に攻撃したのも納得できた。

イグニールはよくこんな手合いからプレゼントを受け取ったもんだが、杖は形見だと言っていたし、家系的な部分で炎の大精霊イフリータと繋がりがあったということなのだろう。

こりゃ相応の力を持っていなければ、まともに顕現させられない代物だな。

霊装の潜在能力である攻撃力アップ効果と、斥力《せきりょく》引力のスキルしか使いどころがない。

それでも十分強いんだけど。

「……つーか、痛ぇ」

チラリとイグニールに視線を向けると、大口を開けて目を丸くしていた。

この展開はさすがに予測できなかったらしい……俺もだ。

「くそったれ、言うこと聞けよ」

「黙れ、貴様に操られるのは癪《しゃく》だ。そのまま死ね、道連れにする」

勇者と戦わせるつもりだったのだが、どうしたもんか。

さっさと邪竜を戻して俺がボス役を引き受けようかなと思っていると、勇者が邪竜へ跳躍し斬りかかった。

「命は散らさせない！　邪竜め！　どうせ神官も洗脳しているんだろ！」

「……何じゃ小僧、時間が限られとると言うのに、拒絶せい末っ子」

「ギャオッ！」

「ぐはっ！」

斥力による無慈悲な拒絶を受けて、勢いそのままに押し戻される勇者。

剣聖が咄嗟《とっさ》に受け止め、賢者が予備の杖を取り出して風を生み優しく受け止める。

「すまないみんな……邪竜、一筋縄ではいかないみたいだ」

「わかってるわよ。でもあいつを倒せばビシャスに一矢《いっし》報《むく》いることができるのよね」

「ああ……」

賢者と会話をしながら勇者は立ち上がる。

「まさか使徒が神官の中に紛れてるとは思わなかったが、多分ビシャスに操られているはずだ」

「優斗、もしかしてビシャスが成り代わってる可能性は？」

「……勘だけど、それはないよ。敵意や殺意があれば俺と小夜が気づくから」

マジか、勇者と剣聖は相手の敵意や殺意に感づけるのか。

下手に仕返ししようと思わないで良かった。

邪魔しようとは思っていたけど、それは勇者ではなく神官たちが対象である。

そもそも殺すつもりは毛頭なかったからセーフ。

「ぐう……邪竜イビルテール！　早く勇者たちを蹴散らすのだ！」

とにかく勇者たちがまだ勘違いしてくれているので、戦闘を継続させるために叫んだ。

「……しぶとい虫ケラが、貴様には命令されたくないわい」

「……次男よ、先に殺しましょう。もしかすれば解放されるかもしれません」

「うむ、そうじゃな兄者よ」

「ギャオッ！」

「解放だと!?　それはさせない!!」

相変わらず言うことを聞かない邪竜三兄弟と勘違いしたままの勇者。

「うおおおお！　ブレイブソード！」

巨大な光る剣が背後に出現し、斬撃を振るう勇者に合わせて光の剣が閃《ひらめ》く。

自分の攻撃に合わせて自動で攻撃してくれるスキルか。

見た感じヤバそうなのだが、邪竜はそれを平然と受け止める。

「喰らえ！　——なにっ⁉」

「さっきから……あなたはいったい誰ですか？　鬱陶《うっとう》しいですね？」

「邪竜、貴様の復活を阻止するためにここへ来た！」

「復活……？　すでに——」

「やってしまえイビルテールゥゥゥウウウウウ！」

バレたらヤバいセリフを言ってしまいそうだったので、おかしくなったフリをして難を逃れた。

俺のことは洗脳されていると勘違いしているっぽいし、派手に動いても良いだろう。

「だから貴様の言うことは聞かないと」

「はあっ！　喰らえ邪竜！」

「ぐっ、防御無視スキル持ちですか……厄介ですね。これでは話が先に進みませんよ」

邪竜が何かを言う前に、勇者が隙あらば攻撃を仕掛ける。

身構えていない状況で攻撃を受けると、さすがの邪竜もダメージを受けるようだった。

それでも蚊に纏《まと》わりつかれた程度の扱いで、邪竜は勇者を適当にあしらう。

封印が解けたばかりの頃とは違い、顕現時のこいつは万全の状態だから本気を出したらヤバそうだ。

「由乃！　あの神官を安全なところへ！」

「了解。でもよく生きてるわね？　邪竜の加護みたいなので強くなっていたのかしら？　さっき杖を奪われた時の動きはとんでもない速さだったし」

「小夜は最大火力で邪竜に斬り込んでも良い！　サポートは俺がする！」

「良いだろう、私の剣で邪竜にとどめを刺してやる」

「神官たちよ！　今こそ勇者様の手助けとなるのだ！　足を引っ張ってしまった分を今この場で挽《ばん》回《かい》せよ！」

「はっ！」

「優斗くぅん！　わ、私は何をしたら良いかな!?」

「加奈はあの神官の洗脳を解いてやってくれ！　罪は死ではなく、法で裁かせるんだ！」

「うんっ！　わかった優斗くぅん！」

勇者の声に合わせて、全員が邪竜討伐に向けて連携を取り始めた。

裏でガーディアンを狩り続けるゴレオの頑張りにより、今しがた邪竜を出現させる時間を延長させたので残り時間は再び六十秒。

「……虫ケラどもが、束《たば》で掛かってこようが、汚い真似をされぬ限り儂等は負けんぞ」

「ギャォォォオオオオオオオオオ！」

話の腰を折られまくった邪竜は、俺よりも先に勇者たちの相手をするつもりのようだ。

ここでもし邪竜が強過ぎて勇者たちが殺されそうだったら、すぐに装備を分解して邪竜をこの世から消し去るつもりだ。

装備の能力は強いが、手に負えないなら意味がない。

もったいないけど、危険なものは処分するのが一番である。

「大丈夫!?　トウ……じゃないマルコス！」

「イグニ……じゃないマリアンヌ、大丈夫だよ。体を起こすのを手伝って欲しい」

駆け寄ってきたイグニールに体を支えてもらう。

残り時間が限られている邪竜は、本気を出して短期決戦を仕掛けるだろう。

余った時間で俺を殺すつもりだ。

勇者たちも本気で戦うことになるだろうし、実力を見極めておきたかった。

「うおおおお！　ヒーローシンボル！　これで全員のステータスは一割増しだ！　小夜！」

「任せろ優斗。抜刀技……一刀両断」

「斥力です、末っ子」

「ギャオッ！」

剣聖の斬撃をもろに受ける前に、末っ子の拒絶の力が働く。

再び強制的に勇者たちは押し戻された。

「ま、またこの弾き飛ばしか！」

「うぐっ！　弾かれて斬れなかった！」

「引力です、次男」

「うむ」

すぐに次男の持つ引き寄せる力が働き、勇者たちはバランスを崩され転倒した。

邪竜、強過ぎ！

勇者たちがまるで赤子同然だ。もし復活の際に完全な状態だったら、ハメプコンボがなかったら、キングさんがＨＰを削りきれなかったら……負けていたのは俺だったかもしれない。

「勇者様の前に障壁を展開せよ！　一撃でも防ぎ攻撃のチャンスを作るのだ！」

「はっ！」

神官たちも必死で支援するために詠唱を開始する。

「展開！　やめ！　展開！　やめ！」

勇者たちが攻撃を仕掛ける時だけ障壁を消して、邪竜が攻撃を行う際は障壁を張る。

見事なまでに統率の取れた神官たちのサポート。

水責めの時から思っていたが、めちゃくちゃ便利なスキルである。

「抱えて運んでください！　私はすぐに優斗たちのサポートに行かなきゃだから！」

「わかった！」

賢者に言われたイグニールが俺を抱きかかえて戦いの中心から距離を取る。

「本当に心配したのよ!?」

「う、うう……」

近場に回復支援を行う神官たちもいるので、洗脳されて混乱したフリをする。

「どいてください！　洗脳を解除します！　セントマインドクリア！」

ばたばたと聖女が駆けつけて、何らかの魔法を施した。

洗脳解除スキルっぽいけど、変身が解除されないか少しヒヤッとした。

「うう、こ、ここは？」

洗脳が解除されたフリをする。

イグニールが白々しいわねと言わんばかりの視線を向けるが仕方がない。

「大丈夫ですか？　まずは落ち着いて聞いてください」

聖女は咳払いをしながら俺の目を真っ直ぐ見て告げる。

「あなたはビシャスに洗脳され、邪竜を復活させてしまいました」

「ええっ!?　そ、そんな、私が!?」

「覚えてないんですか？」

「はい、まったく覚えていません」

「そうですか……突然すごく残酷な話になりますが、洗脳されて邪竜を復活させてしまったあなたは、これから王国に戻りその罪を償っていくことになると思います……私たちもそれは助けてあげられないので……ごめんなさい……」

すごく悲しそうな表情で事実を告げる聖女。

召喚された当初、俺に向けていた嘲笑《ちょうしょう》の視線とは大違いだった。

「私は……何ということを……」

適当に絶望したフリをしておく。

変身先に選ばれたマルコス君はどう足掻いても罪人確定か。

さすがに申し訳ないので、今回の神官二人には大金を渡して他国に逃亡してもらおう。

実は適当に選んでいるように見えて、この二人を選んだ理由はちゃんとあるのだ。

マルコスとマリアンヌは付き合っていて結婚も考えているが、このまま神官を続けていると、今回みたいに危険な地へ赴くことが増えて死ぬ可能性がある。いつか職務を捨てて遠くへ行きたいと二人で話していたのをこっそり聞いてしまったのである。

適当な装備と一年分の生活費を渡してギリスの片田舎に置いて来ようか。

勇者のお付きに選ばれる程有能ならば十分足りるだろう。

「罪ですか……償います……」

さて正気に戻ったフリをして、邪竜と勇者の戦いに視線を戻す。

巨大な剣を背負う勇者と抜刀術で巨大な斬撃を繰り出す剣聖。

神官たちの練度の高い障壁サポートと賢者の魔術が組み合わさり、少しずつではあるが攻撃が邪竜に通用するようになっていた。

「小夜！　一気に押し切る！　全ての補助スキルを使って、全力だ！」

「……ハァッ！　一騎当千！」

勇者の声に呼応した剣聖の姿が急に朧《おぼろ》になり、邪竜と同じくらいの大きさになった。

本人は邪竜の足元にいるが、巨大化した気迫も実体を持っているようで、相応の大きさになった剣が鞘《さや》を滑り繰り出される。

邪竜もヤバいけど、勇者たちも普通にヤバい。

「ハァァァアアアアアアアアアア!!」

「……ええい面倒だ！　兄者！　ハエどもをなんとかせんと奴を殺せんぞ！」

「そうですね」

勇者にサポートと防御を全て任せた剣聖の捨て身の一撃を前にして、鬱陶しそうな次男の声に長男が頷きながら答える。

「先に死にたいのなら、お望み通り殺してあげましょう――」

言葉を終えてすぐ、迷宮内に大きな亀裂が走った。

ゴゴゴゴゴゴッ！　ゴゴッ！　ゴゴゴゴッ！

邪竜の立っていた場所が大きく陥没し、どんどん深くなっていく。

「なっ⁉　なんだ⁉」

「くっ⁉　体が動かない‼」

重力、長男の力である。

末っ子が斥力、次男が引力、そして長男はその二つの特性を発展させた重力というスキルを持っているのだ。

まさにチートの権化《ごんげ》とも、代名詞とも言える能力。

大部屋が崩壊しかけるほどの威力に、勇者たちは氷の大地に這いつくばる。

「クハハハハ！　ひれ伏せハエども、そのまま虫のように踏み潰してあげましょうか」

「ぐう、こ、この……舐めるなよ邪竜！　バーニング……ブレイブ！」

俺とイグニールですら立てない重力の中、勇者はなんと立ち上がった。

身体に赤いオーラを纏わせながら、軋んだ空間の中央に存在する邪竜を見据える。

「ほう、立ち上がりますか」

「兄者、設定は？」

「全てのステータスが1万5000以上のみ行動可能ってところですかね」

そんな邪竜の言葉を聞いて驚愕する。

ってことは、動ける勇者のステータスは1万5000を超えているのだ。

おいおいおいおいおい、ちょっと待ってくれよ。

レベルが１００になり、相当装備も強化したのに……俺と勇者の間にはまだまだ高い壁があるということだ。

「うおおおおおお！　ブレイブイン、レイジ！」

勇者の持っていた剣。

俺がオークションに流したものが、赤いオーラを纏い巨大化している。

その剣を振り上げながら、勇者は重力の中を大跳躍する。

「俺は勇者だ！　邪悪なものには絶対に負けない！」

「ふはは、相手としては面白いが……暑苦しいわい」

余裕の溜息を吐きながら次男は続ける。

「兄者よ、前に負けてストレスが溜まりっぱなしじゃから、儂に殺させてくれ」

「ええ、どうぞご自由に……と言いたいところですが……」

「殺されてたまるかああああああ！　うおおおおおお！」

「……残念ながらそろそろお時間ですね」

長男の言う通り、そろそろ六十秒が経過するところだった。

このままだとみんなが死ぬ可能性があるし、ラブのパパであるダンジョンコアが目覚めるかもしれないので延長はしないでおく。

「あああああああああああーッ!!」

「……まったく、私の殺すリストにあいつの他にこの暑苦しい小僧も入れておきましょう」

長男がそれだけ言って、時間切れ。

勇者の渾身《こんしん》の一撃は空を斬ったものの、良い感じに倒したようなタイミングで終了を迎えた。

消えていく邪竜を見た勇者は、困惑した表情で呟く。

「倒した……のか？」

手応えは感じてないだろうな、空を斬ったんだから。その違和感は間違っていない。

「勇者様さすがです！　厄介な重力も消えておりますし！　倒したのでしょう！」

「う、うん……？」

どうやって誤魔化《ごまか》そうかと考えていたのだが、よいしょしてくれる神官兵士長のおかげでひとまず一件落着したような空気になる。

邪竜の存在自体は、ビシャスに操られた神官が杖を媒介にして召喚したというストーリーにしているから、途中で実体的な手応えを感じなくても召喚者である神官の洗脳を解いたら消えましたって形に収めることもできたが、納得してくれたならそれで良し。

ナイスだ、神官兵士長。

「とにかくこれで……ダンジョン周辺の国々は救われたのかな？」

「細かいことを考えても仕方ありませんよ、勇者様」

「う、うーん？」

「それよりも勇者様」

とにかく終わったことにして帰りたいのか、神官兵士長は続ける。

「今はお忍びで来ている状況です。残りの物資も少なくなっておりますし、早く本国へ戻ることが最優先です。まだ国内の問題が山積みとなっておりますから」

「……そっか、よし戻ろう」

その言葉に促されて、勇者は帰ることを決めたようだ。

「神官兵士長、ちょっと良いか？」

「何でしょう剣聖様」

「帰りのルートはどうなっている？」

「東の入り口にあるノルト経由で陸路を南下する予定となっております」

「ギリス、トガルを経由した最短ルートじゃないのかしら？」

賢者も会話に交ざる。

「トガルとはアンデッド災害の件にて、国家間の亀裂ができている状況でして、あまり目立つようなことがあってはならないのです……そもそもこの大迷宮まで足を運んだのも各地の教会を頼らせてもらったお忍びですから……」

国内の問題よりも他を優先した結果だ。

派手に動くと勇者は何をやっているんだ、と言われかねないのである。

「仕方ない。デプリの大迷宮を踏破し、周りから認められるまでは国内で力をつけて欲しいって王様も言っていたし、一歩一歩少しずつ頑張ろうみんな」

「朗報もございますよ。勇者様専用の移動手段を教会の上層部が準備しておりますので、それが完成した暁《あかつき》には今よりももっと楽に速く世界各地を回れるでしょう！」

「乗り物？　何かな何かな！」

勇者の腕にしがみつきながら聖女がワクワクした表情で反応していた。

「それは完成してのお楽しみ……と、いうことです！」

「えー！　気になるー！」

神官兵士長の言う移動手段とは、飛行船のことだろう。

残念だったな勇者、お前らに飛行船は絶対に持たせない。

これ以上行動範囲が広がってしまったら、俺はどこに逃げたらいいんだ。

「では勇者様、そして神官たちよ、地上へ戻りましょう」

「ちょっと待って、どうやって戻るの？　元来た道は邪竜の攻撃で崩壊して通れなくなっちゃってるけど……あっ」

そこまで言いかけて、賢者は都合よく出現した上へ続く階段を発見する。

「……上に続く階段があるわね」

ご帰宅ルートのサポートも、このトウジに任せていただければ安心さ。

「由乃、きっと出口に繋がる階段だよ。つまり邪竜を倒したってことなんだ」

「本当にそう思うの？」

「うん、俺の勘がそう告げてるから大丈夫」

「優斗の勘はよく当たるから、それもそうね」

そんなわけあるか、と声を大にしてツッコみたかったがグッとこらえた。

ダンジョンという存在自体が作為的なものである。

だからクリアしたら何の疑問も抱かずに出口が出てくると思うのが日本人の性《さが》なのだ。

「む？　マルコスとマリアンヌはどうした？」

出口につながる階段を上がろうとした時、神官兵士長が気づく。

「そ、そう言えば」

「見当たりません」

「いったいどういうことだ……？」

周りの神官が騒つく中、マルコスとマリアンヌだけが忽然《こつぜん》と姿を消していた。

「探せ！　厄介なことをしでかしてくれたマルコスを許すな！」

「はっ！」

二人を捜索するべく動き出した神官たちであるが、すぐにその場が大きく揺れた。

ゴゴゴゴ……ッ！

ダンジョンからの早く帰れコール。

「し、神官兵士長！　大変です！　階段が崩れそうです！」

「む!?　捜索取り止め！　一旦引くぞ、退却！」

ほらほら早く帰れ帰れ、さもないと階段が崩壊していくぞ。

それでも帰らなかったら大部屋を崩して、ラブの力で強制送還するだけだがな。

「くっ！　……できれば救って、しっかり罪を償わせたいが」

今にも崩れそうな階段を駆け上がりながら振り返り、戦いのあった窪《くぼ》みを見据えながら苦しい表情を作る勇者に、神官兵士長が言う。

「勇者様、あれだけのことをしでかした者は神官の名に恥ずべき異端者、邪悪に洗脳されるなど心が未熟だったのです。この迷宮で果てるのも神の定めやもしれません」

「……仕方ない、か……ビシャスめ……！」

諦めがついたのか、勇者はビシャスの名前を恨めしく呟くと、そのまま神官兵士長とともに階段を駆け上がっていった。

◇　◇　◇

「よし、俺らも戻るか」

「ふう、ようやく終わったのね」

元の姿に戻った俺とイグニールは、ラブたちが待機している場所へ続く通路を歩く。

「にしても……この指輪は大概扱いに困るなあ……」

歩きながら右手人差し指に装備した不滅の指輪を見ながら溜息を吐いた。

「尻尾でやられた時、本当に心配したんだから！」

「ごめんごめん、俺も焦《あせ》ったよあの時は」

「顕現せよって言ってたから、私の持ってるイフリートと同じ扱いなのよね？」

「うん」

彼女の持つ霊装武器にいるイフリータは力を貸してくれるが、邪竜は反旗を翻《ひるがえ》した。

サモニング図鑑と違って、前の個体のまま。

ドロップアイテムは相手を倒して手に入れるものだから、基本的に恨まれている。

せっかく霊核を手に入れても、迂闊《うかつ》に使えないのはもったいない。

「はあ……本当にどーすっかな、この指輪」

「捨てちゃうの？　捨てても誰かしらが拾ったら不味いんじゃない？」

「レベル１００用装備だから大丈夫だとは思うけど、分解した方が良いかな……」

背に腹はかえられない。何かのきっかけで勝手に顕現してしまったら、とんでもないことになる。

「ちなみに私の杖は、呼び出してる時に火属性スキルの威力が一・五倍になるのよね？」

「そうだね」

「その指輪の効果は何なのかしら？」

「えーと、平時で斥力と引力のスキルが使えて、霊気マックスで攻撃力10％アップ」

「顕現させなくても使えるの？」

「うん」

顕現させた状態ならば、重力も可能となる。

「だったら取っておきなさいよ。呼ばなければ大丈夫でしょ？」

「うーむ……」

イグニールがそう言うのであれば、取っておくことにするか。

本当の本当に大ピンチになった時、その場を引っ掻き回す役目として邪竜の力が必要になるかもしれない。

そんなもん来て欲しくないけど、結局は俺が邪竜を従えられるくらい強くなれば良いのだ。

一応、本当に一応、取っておきましょう。

「それに、分解して解放されちゃったらどうするの？」

「それはない、はず……」

ゲームでは分解すればシステムログの中に消えてなくなるからね。

だがここはゲームではない、リアルだ。

イグニールの言うように分解した結果、魂が解放されて蘇《よみがえ》るかもしれない。

普通は蘇らないと思うが、相手は邪竜だ。

ともかく、重要なこととして頭に入れておこう。

「おかえりだしトウジ！　イグニール！」

「ほいほいただいま」

通路を抜けてラブたちのところへ戻ると、ジュノーが俺の胸に飛び込んで来た。

そのままフードに潜《もぐ》り込むのを無視して、今勇者たちがどこにいるのかを尋ねる。

「ラブ、勇者たちは？」

「うむ、最短ルートでしっかり送り返してやったのじゃ」

今頃は、ギリスから東に海を渡った先に存在するノルトという国の断崖凍土入り口付近にいるらしい。

しっかりそこまで空間を短縮した直通経路を設けるとは、最高のアフターフォローである。

「帰ったか……ふう、これで一安心だな」

「ここまでやる必要はあったのかのう？」

「万全を期すためだから仕方ない」

邪竜が言っていた通りならば、本気を出した勇者のステータスは1万5000オーバー。

これはもう脅威だ。

まだまだ強くなる可能性があるので、困難に立ち向かうことで強くなるという主人公補正を打ち消すために、念には念を入れてガス抜きを行う必要があるのである。

何の対策もしなかったら、力技で最奥《さいおう》まで到達していた可能性もあるのだ。

下手に刺激して眠っているラブのパパが復活してしまうと、邪竜よりもヤバい被害が出ると聞くし、そうなったら俺らはギリスの海の藻屑《もくず》である。

「だから、デプリに集中していてもらわないと」

「まあそれは置いといてじゃ……お主には聞きたいことが山ほどあるんじゃが……？」

邪竜の件だな？

「ダメです、企業秘密です」

「なぬぅ～？　教えぬかあ～！　気になるのじゃ～！」

「とりあえず倒した邪竜の魂を指輪に移しておいたってことで、ここは一つ」

実際にそうなので、間違ったことは何一つ言っていない。

全部本当のことなのだ。

「言ってる意味がわからんのじゃ！　これ、詳しく説明せい！」

「ポチ」

「アォン」

説明せい説明せいとしつこくせがまれるので、ポチに頼んで目の前にお菓子を出した。

「ぬう！　甘いもので懐柔《かいじゅう》するとは、そうはいかんのじゃ～！　もぐもぐもぐ！」

食っとるがな。

とりあえず懐柔成功、そういう体裁《ていさい》で納得いただいた。

「しかし、その指輪はとんでもない装備じゃのう？　どれ、召喚してみ？」

「無理だよ、恨み買ってて呼び出してすぐぶっ飛ばされたの、見てただろうに」

「お主、よく生きとるのう……？」

「それな」

不滅の指輪につけといて良かったと心の底から思う。

たまたまなのだが、保険になってくれた。

この指輪は自分の現在ＨＰが20％以上あればという条件下で、致死回避能力を持つ。

邪竜三兄弟め、俺は簡単にはやられんぞ。

「でだ、話は変わるけど……いや戻るけど」

「何じゃ？」

「無事に勇者にお帰りいただいたことだし、ちょっと聞きたいことがあるんだよね」

「それがお主がここへ来た理由かの？」

「うん」

「だいぶ時間経っとるなあ……」

「色々と準備したりしたから仕方ないよ」

なんだかんだ言っても全員休む暇なく動いていた。俺は縦穴に籠ってレベル上げに勤しんだし、その他のみんなはアスレチック作りに精を出していたんだからね。

「で、何かのう？　これだけ引っ張ったんじゃから相応のものでないとわしは答えんぞ！」

「確かにどれだけ引っ張ったし？　あたしはおやついっぱい食べられたから良いけど～」

ラブはクリームを頬につけながら、くわっと表情を動かす。

ジュノーもフードの中でお菓子を食べつつ会話に交ざる。

本当に自由だな、こいつら。

「あれ……？　そう言えばラブ……なんか丸くなった？」

「ぬっ⁉」

バニラのこととか、深淵樹海とかについて尋ねるつもりだったのだが、お菓子を頬張り続けるラブを見てふと気づいた。

「あれだけお菓子を食べてれば、そうなるわよ」

イグニールも肩をすくめながら呆れた口調でそう告げる。

俺たちがここへ来た当初はほっそりとした少女だったのだが、何だかふっくら丸みを帯《お》びていた。

身につけているワンピースは、お腹の辺りがぽったり。

「そ、そんなまさか……！　ダンジョン改変など大仕事を色々やったはずなのに！」

「いや、大掛かりなことをしたのは初日だけで、あとは細々《こまごま》としたことだけだったろ」

一日中、ポチの用意したスイーツを食べては鏡に映る勇者たちを見てゴロゴロ過ごし。

夕食の時間になればみんなと一緒に食事して、再び寝転がってジャガイモを薄くスライスしてからりと揚げて塩を振ったお菓子をバリバリ食べる。

これはもしもの時のダンジョン改変用に魔力を補充しているだけじゃーと本人は言っていたが、明らかに過剰摂取だった。

ラブはダンジョンコアではなく、あくまで代理権限持ちのガーディアン。

ダンジョンを丸ごと作っているジュノーとは違い、ガーディアンを出したりダンジョン内の構造を変えたりするだけで、ダンジョンコアほど魔力を消費しないので、太ってしまうのも納得だった。

「ふぬぅ……？　ぬう？　ぬぉぉ？」

頬とか、顎の下とか、二の腕とか、腹とか、太ももとか。

自分の体を触って確認していくラブの姿は、もうぽっちゃりさんにしか見えなかった。

「肥《こ》えたな、だいぶ」

「誰がラブじゃなくてデブじゃ！」

「そこまで言ってないよ!?」

逆ギレをかましたラブは、そのまま頭を抱えて膝をつく。

「ぬおおおおお！　ジュノーっちに合わせて食べていたのが迂闊《うかつ》じゃった！　ダンジョンコアで

あるジュノーっちと違って、わしはガーディアンじゃから迂闊じゃったあああああ！」

「あははっ！　ラブっち、ぽよぽよしてて気持ちぃ〜し！　あはははは！」

「腹に抱きつくでない！　ええい、同盟破棄じゃ！　わしはこれより同盟破棄し、甘いもの断ちをするのじゃああああああああ！」

断崖凍土の最深部にて、少女の痛ましい叫び声がこだまするのであった。

……ダイエット、頑張ってね。

俺は太らないようにポチが管理してくれているからバッチリだ。

◇　◇　◇

それからようやく話が先に進む。

「竜樹ユグドラのう……確かに、深淵樹海に存在するものじゃ」

スクワットをしながら、ラブは俺の質問に答えてくれた。

「じゃが、果てなき奈落の森の大迷宮。どこにあるかはわしも知らん」

「なるほど」

ラブも奥地に存在することは知っているのだが、詳細はわからないらしい。

「ラブは深淵樹海のダンジョンコアとは関わりがあるのか？」

知り合いであれば、その伝手を使って竜樹をもらえないか交渉したい。

「答えはノーじゃ」

首を横に振りながらラブは言葉を続ける。

「グルーリングは、話の通用するやつじゃないからのう」

「グルーリング……？」

「暴食のグルーリング、深淵樹海の中心におるダンジョンコアの名じゃよ」

確かに暴食という名前の雰囲気だけで、話が通じない感じがする。

グルーリングは深淵樹海の深層域にいて、暴食の名の通り、飽きることなき食欲の元、迷い込んだ存在を全て喰らい尽くすそうだ。

動物でも、植物でも、鉱物でも、そのどのカテゴリーにも当てはまらないものでも。

「奴の迷宮が浸食型である理由は、世界を呑み込むためなのやもしれぬのう」

ヤバそうだなあ……。

「話が通じないってことは、面識があるのか？　どんな感じだった？」

できる限りのことを聞いて、あとでどうするべきか考えよう。

邪竜よりも危険だと感じたら、お金を出して他国から中古の竜樹を購入するつもりだ。

「見た目は普通の人間じゃ」

「ふむふむ」

「じゃが捕食の段階になると、とんでもないことになるぞ」

「それ、変身するってことだし？」

「見た目はそこまで変わらぬが、ダンジョン全てが奴の口で胃袋じゃのう」

会話に参加するジュノーの問いかけに、ラブは頷く。スクワットしながら。

「……おい、話に集中できないからスクワットやめろ」

「何を言うか！」

ラブは息を荒くしながら必死の形相で叫んだ。

「パパが目覚めた時、わしがぽっちゃりしておったら怠慢を疑われるじゃろうが！」

「でもスクワットはおすすめしないけど……」

必要以上にお菓子を食べちゃったから太っただけで、お菓子の供給源であるポチがここを去れば、また同じ体型に戻れるはずなのである。

ダンジョン維持のために魔力を常に使うからだ。

「むしろ、下手に下半身だけ筋肉質になったら太って見えるよ」

次に会う時、下半身だけめっちゃガッチリしてる姿なんて想像したくない。

「なら腹筋かのう！　ガーディアンよ、足を押さえい！」

こくりと頷いたガーディアンがラブに近寄って足を押さえる。

ガーディアンの無駄遣いだよ、これ。

「ふぬぅぅ！　腹がつっかえて上手く腹筋できんのじゃあ！」

「も、もう好きにしろよ」

馬鹿らしくなってきたので、ダイエットに関しては放置することにした。

「ちなみにそこまで知ってるってことは、戦ったことがあるのか？」

「うむ、どうしても欲しいものがあってのう。譲ってもらいに行ったんじゃが、暴食のは自分の食い扶持《ぶち》がなくなるのは困ると言って譲ってくれなんだ！　まったく、いっぱいあるのじゃから良いじゃろうに、卑《いや》しい奴じゃ！」

「どうしても欲しいもの？」

「気になるし！　ラブっちの欲しいものって絶対甘いものだし！」

「正解じゃ！　カカオというすごく甘い香りのする植物じゃよ！」

……なに？　カカオ、だと？

「それって、あのカカオのことか？」

「はあ？　あのカカオとかこのカカオとか、そんなものはない。カカオはカカオじゃろうて」

聞き返した俺に、ラブは何言ってんだこいつって感じの表情をする。

「その植物の種がのう？　傲慢のにバニラの香りと一緒に楽しむとすごく良いぞ、と言われてのう、一つもらいに行ったんじゃが、無理じゃった！　敵認定されていきなり食われそうになったんじゃよ！　わしはただの守護者じゃしのう、やはり本職である深淵樹海のダンジョンコアには勝てんのじゃあ……」

命からがら逃げ出した思い出をしみじみと語るラブだった。

だが、俺の頭の中ではそんな与太話《よたばなし》はもうどうでもよくなっている。

バニラと合い、種を楽しむ植物と言えば、それはまさしくカカオだ。

俺の知るカカオは、そのものが甘い香りを持つわけじゃなかったはずだが、異世界のカカオだし何でもありなんだろう。

異世界の言葉とか何も勉強せず、ただ何故か翻訳されて日本語として聞こえる状態である俺の耳に、彼女の言葉がカカオだと聞こえたのならば、それは恐らくチョコレートの材料。

テンションが上がる。

異世界に来て、まだチョコレートの類《たぐい》を見ていない。

バタークッキーはあるけど、チョコチップはまだだ。

カカオがあればチョコが食えて、さらにはココアだって飲めるよな？

マジか、これ、マジか。

厄介な勇者関係とかで日々ストレスを抱える俺には、必要不可欠な安定剤である。

これは行く理由ができてしまった。

竜樹はついでで、カカオを手に入れるために深淵樹海に行くべきなのである。

「……おい、聞いとるのかのう？　のう？　のうて！」

「ああ、ごめん。で、カカオがどうして甘いのかって？」

「カカオはもう良い！　グルーリングの恐ろしさについて、わしがしっかり説明してやっとるというのに、話を聞いとらんのでは意味ないではないか！　このたわけめが！」

「ごめんごめん」

すっかりチョコレートに思考回路を奪われてしまったようだ。

「竜樹を手に入れるためには、いやしんぼグルーリングの目を掻《か》い潜《くぐ》る必要があるのじゃ！」

「うんうん」

「じゃが美味しそうな匂いを発するものを持っておると、引き寄せられるようにまっすぐ向かってきよるからのう、絶対にバニラを持って行ってはならんぞ？」

「うんうん」

「わかったか？　のう？　聞いとるのか？　しっかりわかっとるのかのう！」

「あ、うん、わかった。わかってるってば」

話半分でラブの言葉を受け流す。

正直、竜樹はもうどうでも良くなっていた。

カカオがあれば、チョコレートが作れる。

この異世界で甘いものはかなり重要な娯楽だ。

ギリスの片田舎に神官二人を連れて行ったら、さっそく深淵樹海に向かうしかない。

その後、深淵樹海の話はそこそこに、バニラについても聞いてみた。

「傲慢のが持っとるぞ？　わしも今度また分けてもらいに行こうと思っとるんじゃ」

「へえ、そうなんだ」

バニラはタリアスに存在する天界神塔《てんかいしんとう》と呼ばれる大迷宮の中にあるらしい。

ダンジョンコアである傲慢のアローガンスが趣味で育てているとのこと。

名産品的な扱いになっていて、多くの冒険者が貴族に雇われバニラを得るために挑戦するそうだ。

「うちにも何か名産品があれば良いのかのう？　人が増えてリソースも得られるのじゃ！」

「まあ、太らないように気をつけろよ」

「太る前提で話を進めるでない！　いいもん。太っても自分でアスレチックに挑戦するから」

おう、ダイエット頑張ってくれ。

いきなり甘いものを断つとストレスでさらに食べるようになり、リバウンドしてしまう。

結局、運動も含めながら少しずつ痩せていく方法が一番良いのだ。

「名産品っていうか、普通にアスレチックを面白がって人が集まりそうよね？」

「まあね」

イグニールの何気ない呟きに同意する。

「リソースを得るのに、人を殺す必要はないんだろう？」

「そうじゃな」

ぽっちゃりとした顎をこくりと頷かせて、ラブは言う。

「トウジに教えてもらったアスレチックとやらを実践してみて、無闇に人間を殺生《せっしょう》する必要はないと知ったのう」

ダンジョンは、人や魔物を呼び寄せて食う危険な場所だが、それはダンジョンを拡張するという性質によってそうなっているだけなのだ。

俺たち人間にも三大欲求というものがあるが、ダンジョンの場合それに拡張が含まれるのだ。

その欲求は睡眠や食事などと違って必ずやる必要があるかというとそうではなく、大迷宮クラスになれば自らのダンジョンの中で好き勝手に生きることができるらしい。

拡張を続けるもの、やめて閉じ籠るもの、人と関わり出すもの。

ラブの目的は、眠ってしまったダンジョンコアである憤怒《ふんぬ》のヒューリーが自然に目覚めるまで、ダンジョンを守って安らかな時間を与えることだ。

ならば殺さずに、必要な分のリソースを得られれば良いのである。

「危険な邪竜はもうおらんし厄介者もしばらく来んじゃろうから、ゆっくりやるかの」

「うん、また顔を見せに来るよ」

「その時はわしも痩せて再び甘いもの同盟の一員としてスイーツに溺《おぼ》れるのじゃ！」

「絶対痩せるし！　そして一緒にスイーツ食べるし！」

ラブとジュノーの二人が固い握手を交わしたところで、俺たちは断崖凍土を発《た》つことにした。

「じゃ、またな」

「またのう！　深淵樹海のグルーリングには、とくと気をつけい！」

「うん」

「あと、奴が生み出した守護者アビスたちも一筋縄ではいかんじゃろう！」

「わかった」

ラブの言う守護者アビスとは、グルーリングのお世話部隊らしい。

暴食のグルーリングが望むものを全て用意し振る舞うための存在で、欠けたら新たに生み出され、自分が食材になることも厭《いと》わない狂信的な奴らだそうだ。

「またのー」

「ばいばーい！　また遊びに来るし！」

断崖凍土の上まで送ってもらい、ワシタカくんに固定され大空へと飛び立つ。

バッサバッサと翼の音が響く中、小さくなっていくラブの姿を見ながらジュノーは寂しそうな表情をしていた。

「……なんか寂しいし」

「また来ようよ」

「うん」

せっかくできたダンジョン繋がりの友達なんだから、俺だってそこは尊重する。

カカオとバニラを得たらスイーツのレパートリーだって増えるはずだ。

甘いもの同盟の会合はさらに楽しいものになるだろう。

もしポチがチョコレートの作り方を知らなくても俺が知っている。

海外のドキュメンタリー番組で見た。

中の種を発酵、乾燥させて、炒《い》って、殻を剥《む》いて粉々にして使うんだっけな……。

まあ、失敗してもパインのおっさんのところに持っていけば、どうにかして調理してもらえそうな気がする。

途中から飛行船のためか、お菓子のためか、ごちゃごちゃになってしまったが、なんにせよ深淵樹海に向かえば竜樹もカカオも手に入るので一石二鳥だ。

「ほら、とりあえず飛行開始だから落ちないようにしてろ」

「うん……」

ジュノーは俺のローブからふわっと飛んでイグニールの胸元に潜り込んだ。

彼女にとって飛行中の定位置はイグニールの胸元らしい。

「トウジ……」

「あっはい、なんでしょう！　見てないよ！　見てないからね！」

イグニールにいきなり声をかけられて驚く。

胸元ばかりに視線を向けていたので、慌てて取り繕《つくろ》った。

「いや別にそれは良いんだけど」

えっ、良いの？

「今日は寝ちゃわないのね？」

「寝る……？　あっ――」

第四章　不調と新要素と二十九歳児

断崖凍土から深淵樹海の位置する場所までは、国を四つほど跨《また》がなければならない。

すぐ東のノルト、そこから少し南下してリヒテン、ポーラ。

この三国を越えてデプリの真北に位置するストリアまで行くと、ようやく深淵樹海の端っこに到着する。

ストリアの東南東、デプリの北東、そして魔国コルトの北北西。

三つの国と隣接している深淵樹海は、正直めちゃくちゃ遠かった。

ワシタカくんを使って最速で移動しようにも二週間以上の旅路となる。

……まったくカカオめ！

早くチョコレート食べたいな、おい！

こういう長旅を快適にするために、早いところ飛行船を完成させたいのだが、材料が材料だけに二進《にっち》も三進《さっち》も行かないのである。

だいたいのゲームだって、強い装備を作るには元となる強い魔物を倒さないといけない。

強いボスを倒したいから強い装備が欲しいのに、それを得るために別の強いボスを倒さなければならないってのはゲームによくあるジレンマだ。

そんな具合に自分を無理やり納得させて、ワシタカくんでの長旅を受け入れたのである。

……で、俺たちはどうにかこうにかストリア首都から少し離れた森に辿り着いた。


「ほら、起きるし」

「起きてるよ」

目覚めて、今までの道中を振り返っていたところだった。

「うわっ、珍しいしっ」

「何が珍しいんだ」

ジュノーは俺が起きていることに目を丸くして驚く。

何度も何度も飛んでいるうちに、俺は少し器用なことを覚えていた。

ワシタカくんが飛び立ったら寝落ちして、着陸する頃自然に起きる。

そんな体内時計を完成させていた。

高所への拒絶反応が行き着くとこまで行ってしまったのだろうか、と悲しくなる。

しかし、移動の時に無駄な時間を過ごすことがなく便利だった。

「あれ……なんかふらつく……頭も痛い」

ゴレオを召喚してみんなのベルトを外し、地に足をつけると転びそうになった。

「大丈夫……？」

イグニールが心配そうな顔をする。

「ステータス的には全然問題ないと思う」

無事にレベル１００装備への換装を済ませた今の俺は最強と言っても過言ではない。

全盛期の邪竜と戦えと言われたら素直に土下座するけど、それ以外はいけるはずだ。

「世の中ステータスだけじゃどうにもならないことってあるから、無理は禁物よ」

「そうだね」

心しておこう。

みんなが心配そうにする中、イグニールが肩を貸してくれた。

良い匂いがする。

「ワシタカっち、今回結構な距離を飛んでたから……たぶんトウジ疲れてるし」

「いやジュノー、そんなことはないと思う。快眠だったし」

「「「……」」」

そう告げると、全員の表情が「何言ってんだこいつ」みたいな感じになっていた。

ワシタカくんも呆れた表情で俺を見下ろす。

「え、何この空気」

俺、またなんかやっちゃいました？

いやいや何もしてないよな、寝てただけだし。

「……とりあえずさっさと街に入って寝た方が良いわね」

イグニールが一言でまとめて、俺たちは取り急ぎ街に向かうことになった。

「ちょっと待ってね、秘薬飲むから」

こういう原因不明の体調不良時こそ、異常状態を帳消しにできる霧散の秘薬の出番。

これで体調も元通り。

「……ぷはっ、よし！」

スッキリしたところで、ゴレオとワシタカくんを戻してグリフィーを召喚。

「みんなで街に移動しよう」

ポチ、俺、イグニールの順番で乗り込み、ジュノーは相変わらずフードの中。

「ねえ？　どれくらいで街に着くし？」

「すぐだよ、すぐ」

上空からチラッと見えた街まで、グリフィーに乗れば十分かからないだろう。

それだけグリフォンの中距離移動能力は高いのだ。

跳躍、滑空、跳躍を繰り返すことによって、トビウオのように地を翔《かけ》る。

グリフォンとトビウオを比較するのは変かもしれないけどね。

そうだ、もしかしたらこの世界にならば、海上をトビウオみたいに移動できる魔物が……。

「……あ、れ？」

愉快な想像をしていると、なんだか思考がぼやけたような気がした。

なんだか……こう……。

「眠たい」

「アォン」

俺の前に乗るポチが首を傾げながら見上げている。

「そんでもって気持ち悪い……うわ、何これ……グリフィー酔い……？」

「ガルッ⁉」

俺の一言でグリフィーがショックを受けたような表情をしていた。

「ごめんごめん、冗談だグリフィー……すっごく体調が悪――」

――ドサッ。

「アォン!?　アォンアォン!!」

「トウジ!?　ちょっと、トウジ!!」

「わわわっ、ど、どうしたし！　どうしたし！」

◇　◇　◇

——目覚めたら知らない天井が目に入った。

異世界に来てすぐの時も、こうして目覚めたら知らない天井だったとネタにしていたことを思い出すのだが、今回はガチで知らない天井である。

記憶を辿って……思い出せるのは、グリフィーに乗ってストリア首都を目指していたところまでだ。

「ヤベッ！」

寝てる場合じゃない、とガバッと体を起こす。

カカオだ、カカオ！

それを探しに行かなきゃいけなかったんだよ！

「あっ、なんかふらふらする……」

急に起き上がったからだろうか、立ち眩《くら》みのように意識が遠退《とおの》いていく感覚。

俺はそのまま力なくベッドに体を預けた。

今日はダメだな、いよいよ本格的に体調が悪かった。

「うーむ……」

目を瞑《つむ》って考える。何故だろう。

霧散の秘薬で全ての異常状態は解除されているはずだった。

この薬は、毒とか火傷とか、ウイルス系の異常状態を即解除してくれる代物で普通のポーション
とは違って、かなり強力な効果を持つ。

「だったら、異常状態じゃないとか？」

何者かによって継続的に異常状態系の攻撃をされている、とか？

ワルプのように継続的に発動するタイプの異常状態。

そういったものは、異常の元を断たなければ改善することはない。

「さすがにそれはないか」

霧散の秘薬は、飲めば二十四時間ほど効果が続くからその間は無効になるはずだ。

毎朝常に飲むから、基本的に俺は異常状態にならないのである。

「だ、だめだ……」

考え込んでいると瞼《まぶた》を開けるのも辛くなってきた。

もしかしてだけど……これは単純に……。

ああ、ダメだ、眠たい、目を閉じよう。

吸い込まれるように気が遠くなっていく中、ドアが開く音が聞こえた。

「寝てるわね……」

「トウジ、まだ起きないし……？」

イグニールとジュノーの声がして、頭の上にひんやりとした感覚がある。

水タオルだろうか、すごく気持ち良かった。

暗闇に持っていかれそうだった意識が少しだけ和《やわ》らいだ。

彼女たちが傍にいてくれるというだけで安心できた。

召喚していたポチとグリフィーはどうしてしまったのだろうか。

意識を失った瞬間、消えてしまったのだろうか。

「もう三日くらい起きないし……トウジ、死んじゃうの？」

「大丈夫よ」

不安そうにするジュノーをイグニールが優しく諭《さと》す。

「死ぬことはないって治療院の人も言ってたでしょ？」

「でも、いつもうるさかったトウジが、ずっと寝たままだから……」

いつもうるさかったと、このポンコツに言われるのだけは勘弁願いたい。

心配してくれるのはありがたいが、ナチュラルにディスってる。

「断崖凍土にいた時からほとんど寝てなかったでしょ？」

「うん、そう言えばそうだったかもだし……」

「ワシタカくんに乗ってる時も本人は寝てるって言い張ってたけど、あれ完全に気絶よね？」

「うん、トウジは認めないけど気絶だし」

えっ。

「だから、今回の移動で二週間近い睡眠不足が重なってこうなっちゃったんじゃないかって治療院の人が言ってたから……今はゆっくり寝かせてあげましょ？」

「うん……でも頭とか体がすっごく熱かったし」

「疲労が溜まって風邪を引いたのかもね。ウイルス性の風邪だったら秘薬で異常状態を無効にできるとは思うけど、寝不足が理由だとしたら秘薬を使っても無意味よ」

なるほど、疲労による風邪か。

異世界に来てしばらくは風邪になんか罹《かか》ったことはなかった。

元々があまり病気を患《わずら》うタイプではない。

だからだろうか、風邪の感覚が久々過ぎて少しだけ新鮮な気持ちになった。

インフルエンザに罹った高校時代とか、学校を休まなきゃいけないのを良いことに、平日朝からネトゲ三昧《ざんまい》だったなあ……。

なんて思っていると俺の服がはだけさせられた。

ほっそりしていて冷たい指先が体を撫でる。

「とりあえず汗がすごかったし拭きましょっか？」

「うん」

えっ、ポチは？　そういうのはポチの役目では？

もしかして寝ていた三日間、イグニールとジュノーが拭いてくれたのか？

素肌を温かいタオルが撫でていく。

よっこいしょ、とイグニールに体を転がされてそのまま背中も拭かれた。

ジュノーも手伝って俺の体を綺麗にしていく。

「トウジ、あばら浮いてるし」

「本人が起きてる時にそういうこと言っちゃダメよ？」

「うん」

すいません、起きてます。

つーか、貧弱な体をイグニールに見られてすごく恥ずかしい。

冒険者業はフィールドワークが多いのでそこそこの運動量があると思うのだが、健康に気を使ってあまり多く食べないようにしているので、そこそこ長く続けているのにガッチリとした筋肉がつかなかった。

摂取カロリーより、消費カロリーの方が多いのだろうか？

いや、それだとさすがに餓死《がし》コース。

ボディビルダーとマラソンランナーの違いのような感じで、ついてる筋肉が違うのだろう。

そもそもこの世界の俺の体って何なのだろう。

全盛期の邪竜の尻尾攻撃を受けたら、電車に轢《ひ》かれた人間のようにバラバラになるだろうと思うのだが、ギリギリのところで持ちこたえた。

本当にステータス補正のおかげなのだろうか？

ＨＰが１残るという装備の仕様上、物理的な即死は免《まぬか》れたってことになるのかね。

ちなみに見た目は貧弱な体をしているが、装備のおかげでメインで強化しているＶＩＴ値は１万を超えるぞ。

お金を貯めてエクシオルやスペリオル装備を強化して使えるようになれば、ステータスはもっと伸びるようになる。

「次は……えっと、下ね」

「下だし」

拭かれながら考えごとをしていると、意味深に呟くイグニールとジュノー。

上半身だけなら目を開けないままだったら役得なのかなと思ったが、そこは本当に恥ずかしい。

寝たフリを決め込んでいたけど、下はまだダメッ。

「あの……ごめん起きてる、今起きた……」

意を決して目を開けると、装備ではなく部屋着姿のイグニールとジュノーの姿が映る。

「トウジ……」

「トウジッ！」

イグニールは驚いたように目を剥《む》き何とも言えない表情を浮かべ、ジュノーはひしっと俺の顔面にしがみついてくる。

「もう！　心配したし！」

「本当に心配したわよ……でも無事に起きたから一安心ね……」

と言いつつイグニールは拭く作業を続ける。

「あっ自分でやります、はい」

ズボンにガッと容赦なく手をかける彼女の腕を掴んだ。

ちょいちょいちょい、起きてるのにまだ続けるのか？

「私たち、パーティーでしょ？」

「えっ」

さすがにパーティーでもそれはどうだろうか……。

「一昨日も昨日もやったげたから大丈夫よ、平気平気」

「えっ」

すでにトウジのトウジは、彼女らの細い手の中で弄《もてあそ》ばれていたというのか。

なんという羞恥《しゅうち》。

目覚めるタイミングが悪すぎる、まだ寝ていたかった！

「別に私は気にしてないわよ？　状況が状況だから仕方ないじゃない」

「あ、あたしはちょっと恥ずかしかったかもだし……」

逆だろ。なんでダンジョンコアの方が恥ずかしがってるんだ。

あれかな、ガールズトークで耳年増《みみどしま》になってるからかな？

免疫がないからこそ、恥ずかしいのかもしれない。

「あの……ポチは……？」

両手でパンツ防衛線を築きながら尋ねる。

こういうのはポチにやってもらいたかった。

「ポチはトウジの体調管理は自分の仕事だからって、体がすぐに治る食材を探してグリフィーと森に行ったわよ」
ポ、ポチー！
俺が意識を失ったとしても召喚しているサモンモンスターは図鑑に戻らない。

それがわかっただけでも良いじゃないか。

まあそもそも寝ててもポチたちはいるんだから、それもそうか。

「精のつく食材を取ってくるって言ってたし」

「ポチ……」

ありがたいのだけど、魔物飯コースになりそうな予感がした。

な、なんてこった。

「ほら手、邪魔」

「あっ」

装備も何もない状態だと、俺のステータスではイグニールに勝てない。

容赦なくズボンを引っぺがされて、全部まとめて拭かれましたとさ。

◇　◇　◇

よく寝て栄養のあるものを食べると、自然と体調は戻った。

俺が気絶している間にサモンモンスターが消えなくて良かった。

移動に困って俺を抱えて街まで運ぶような事態になったら本当に申し訳ない。

お金は全て俺がインベントリから出して払っていたので、今の宿代などはイグニールが肩代わりしていたらしい。あとで立て替えてもらった分を返しておかないとだ。

「助かったよ……」

「良いのよ。トウジ、勇者たちが来てからほとんど休んでなかったでしょ？」

レベル上げ耐久したりとか、邪竜の攻撃を受けたりとか、なんだかんだ言って体を酷使していたことを振り返る。

「で、移動以外の時間はずっと製作ノルマをこなしてたでしょ？」

「そうだね」

日課だしね。

「いつ寝てるわけ？」

夜は見張りを兼ねてゴレオを召喚して起きたまま装備製作とポーション製作。

早く【神匠《しんしょう》】になりたかったので、空き時間はずっとやっていた。

いつ寝ているのかと言えば、それはワシタカくんの足元にいる時だ。

「飛んでる時だけど？」

そう告げると、イグニールは深い溜息を吐く。

「言っとくけどね、それは寝てるんじゃなくて気絶よ」

「……」

「……」

「ブラックアウトよ、それ」

「今までは本人が寝てると言い張ってるからみんなもそれなら良いと思ってたけど、今回の件でよくわかったわよね？　寝てるんじゃなくて気絶してるの。おかげで睡眠障害みたいな状況に陥《おちい》ってるってことなのよ？」

「は、はい……」

正座して小さくなる俺に、イグニールはコンコンと説教をする。

帰りはゆっくりで良いから、ワシタカくんでの移動は控えるようにと言われてしまった。

ポチたちもジュノーも、これには賛成しているらしい。

しかし、気絶だったか。

俺的には一応睡眠の範疇《はんちゅう》だとは思うのだが、良い環境で寝ることが大事なのである。

記憶障害とか、そういった重たい状況にならなくて本当に良かった。

「トウジ」

「うん？」

イグニールが俺の手をギュッと握る。

「パーティーメンバーに、あんまり心配かけないで」

「……ごめん」

その手は温かく、そして少し震えているように思えた。

「もう色々な事情を知ってる仲間なんだから、悩みなら私も一緒に背負うわよ」

「ありがとう」

やっぱりイグニールは聖母のように良い女だ。

ウィンストと戦った時に助けた研究者のローディも、病んでいる最中はこうして手厚いサポートを受けたのだろう。

俺も彼女にハマってしまいそうな気がした。いや、出会った時からそうなのかもしれない。

……そろそろ三十歳になる俺には、もうわからんな。

好きという感覚がどういうものだったのか、忘れてしまった。

今後どうなるかもわからないし、今はただパーティーメンバーで、仲間で、みんなと同じ大切な存在だってことにして、浮ついた気持ちは封印しておこう。

とにかく、困難が来てもみんなで立ち向かえる装備が必要だ。

もし俺がいなくなったとしても、みんなが安心して暮らせるように。

「アォン！　アォンアォン！」

「ポチ、おかえり」

グリフィーと一緒に外に出ていたポチが戻って来た。

声を上げながら俺の胸にぴょんと飛び込んで来て顔を埋《うず》める。

「オン！」

「ポチも相当心配してたのよ？　気が動転するくらいね」

「ははは、それは見てみたかったなあ」

「アォン……」

何を呑気なことを言ってるんだ、とポチは溜息を吐いていた。

いやいや本当に心配かけてすまなかった。

ポチの体調管理は、正直言ってめちゃくちゃきめ細かい。

そんな中、当の俺が食事以外のところで無理をしていたのである。

勇者の力を前にして、やや焦っていたんだ。

もう少しゆっくりやっていくのもありかもしれない。

レベル100になって新しい要素が解放されたが、その辺はしばらくゆっくり過ごしてから触っていこうかな。

「ポチ、もうご飯作るし？　お腹空いちゃったし！」

「オン」

「イグニール、そう言えばここの宿ってキッチンつき？」

意識を失っている間、インベントリは使えないので魔導キッチンは出せない。

「ついてるわよ。あと、グリフィー用のスペースもあるわよ」

「なるほど」

かなり良い宿を取っているようだ。

「あとでお金返すよ」

「いいわよ、パーティーメンバーなんだから……その、家族みたいなものだし？」

一緒に暮らしてるんだから、そのくらいは持つとのこと。

聖母過ぎる。

「トガルの依頼で私もそれなりに手持ちがあるから、こういう時に使わないと」

「ありがとう」


それから三日ぶりにポチの料理を食べることになった。

魔物飯が出てくるかと思ったけどそんなことはなく、消化に良い雑炊などが出てきて、ゆっくり慣らしていくようにしてくれた。

異例の事態が重なってしまったとはいえ、無理したことでここまでダメージを受けるなんて、俺ももう歳だ。これまで以上に体調管理をしっかりやっていかないと……。

「はい、あーんしなさい」

「え、いやそこまでは……」

「しなさい」

「はいっ」

病み上がりとはいえご飯くらい一人で食べられるのだが、強制的にあーんさせられる。

完全介護されると、呆気なくイグニールに落ちてしまいそうだ。

ローディのようになる前に、なんとか対策をしておかなければならない。

「アォーン」

「お前もか」

「あーんだし」

「いやバカか、スプーン三つ同時は無理だろ」

完全介護じゃなくて、風邪に託《かこつ》けて揶揄《からか》っているだけに思えてきた。

まったく、今だけだからな、こんな冗談に乗ってやるのも。


しばらくの療養を経て、俺は割と長引いてしまった風邪から脱することができた。

だが、そこからがやや問題だった。

霧散の秘薬をはじめ、幸運の秘薬や財運の秘薬など、どんな秘薬を飲んでも効果が現れないという状態に陥ってしまったのである。ただの風邪ではなかったようだ。

◇　◇　◇

「秘薬が効かなくなった？　どういうことかしら？」

「そのままの意味なんだけど」

過労も睡眠不足も解消し、すっかり元気になった。

俺のせいでそれなりに長く滞在することになってしまったストリアの宿のリビングにて、みんなに少し厄介な状況になったことを打ち明ける。

「幸運の秘薬とか、財運の秘薬とか、今までずっとお世話になってきた霧散の秘薬すら効かないんだよね……何故か」

今回の不調は、積み重なった体の酷使から来ていると思っていたのだが、どうやらそうではないようなのだ。

「睡眠不足も風邪も、長引いたのはそれが原因かもしれないってこと？」

「まあそうとも言えるけど」

「そんなものに頼ってまで体を酷使して欲しくないんだけど？」

「は、はい……」

この期に及んで薬に頼るのかと、イグニールは眉根を寄せる。

そういうつもりではないのだが、なんだか説教が始まりそうな予感がしたのでさっさと話題を変えることにした。

「これからは無理は禁物スタイルでいくから心配しないでよ」

「アォン」

ポチは当然だ、と言わんばかりに頷く。

ゴレオとコレクトのいつメンも、うんうんと同じように頷いている。

「秘薬が使えないってダメだし？　それがなくても問題はないし？」

「いや問題あるんだな、これが」

今までお世話になってきた秘薬たちが使えないという謎現象。

これは由々しき事態である。

そもそも秘薬に頼って活動時間を増やすつもりは毛頭なくて、金運や財運の秘薬を用いるのは、限られた時間内で効率良く金策を行うためだったのだ。

むしろ無理をしないために必要なのだ。

とりわけ霧散の秘薬は、この世界がゲームではなく現実である以上、ないと困るレベルだ。

これは非常に不味い。

さらに不味いのはそれだけではなく、これらの秘薬以外にも……。

「……ＨＰを回復させるポーションすら効かなくてさ」

現状、全てのポーション類が使用不可能となっており、飲んでも効果が現れない。

使用すると念じてみても、何度やっても手の中のポーションは消えなかった。

「それはさすがに不味いわね」

俺の言葉に眉を顰《ひそ》めるイグニール。

「回復阻害の呪いかしら？」

「一応、チロルの回復効果とか、装備の持つ回復効果は作用するみたいだ」

完治したはずなのに、何故かＨＰが減っていく。

ヤベェヤベェと回復できる色々なものを試した結果、ポーション以外は有効であることが判明したのだ。

異世界の風邪、怖過ぎる。

「なら回復阻害じゃなくて、ポーションだけが使えないのね？」

「うん」

俺の強みは、ＶＩＴメインで強化した装備と秘薬を用いた即時回復による耐久力と奇策だ。

これらに頼りっぱなしな俺にとって、今の状況はかなりの痛手であった。

「さすがにこの状況のままで深淵樹海に挑むのは無理だ」

「確かにそうね……」

大迷宮とは、この耐久力を存分に活かして戦っている。

万全の状態じゃないと、死にに行くようなもんだった。

「ええー！　カカオ！　カカオはどうなるし！」

「心配しなくても、これが解決したら行くってば」

カカオから作られるチョコレートの存在を聞いて、俺よりも並々ならない情熱を燃やすパンケーキ師匠が、ブーブーと文句を垂れ流す。

「早く行きたいし！」

パンケーキに合いそうなものだから、気になって夜も眠れないそうだ。

「こらジュノー、あんまり文句言わないの」

「むー、確かに仕方ないのはわかるけど……でもチョコが遠退く方がもっと辛いし……」

おい……優先順位がおかしいだろ。

イグニールが諭《さと》したことで、納得してくれたかと思ったのになんだこいつ。

俺だってカカオの方が竜樹より優先度が高い。

でもさすがに今は一番上に俺が来て、その次にカカオ、竜樹だろうが！

「少しは病人を労《いた》われ」

「チョコチョコチョコチョコ！　チョコパンケーキが食べたいし！」

再び駄々を捏ね始めるジュノーを見ながらイグニールが言う。

「トウジ、これでもジュノーはあなたが眠ってる時、誰よりも心配してずっと隣で過ごしていたのよ？」

「ほー」

「自分で甘いもの禁止ってルールを作って、看病してたのよね？　ジュノー？」

「そ、それはトウジがいなくなっちゃったらパンケーキ契約が！」

「ほー」

「むー！　バカにして！　今日から禁止してた分も含めて食べるし！」

「まあ、我慢してたなら食べて良いぞ」

「わーい！」

心配かけたのは事実だし、そのくらいのわがままは許してやろう。

看病してくれた彼女の優しさに、俺もしっかりお返ししよう。

「よし、この謎の状態が治るまで、とりあえずストリアの首都で深淵樹海の情報収集かな？」

「手伝うわよ。みんなでやれば早いしね」

「カカオの情報ならあたしも探すの手伝うし！」

仲間に恵まれてるよね俺、本当にありがたい限りである。

しかしこんな状況は初めてだ。

ゲームに照らし合わせて考えると、いくつか思い当たる節があるのだが……。

「一つ尋ねたいんだけど、俺がワシタカくんに乗ってる間に、なんか変なこととかあった？」

「変なこと？　うーん特に変わった様子はなかったと思うけど……」

「アォン」

特に何もなかったと言うイグニールの隣で、ポチが何か言いたげな表情で一つ吠えた。

「どうしたポチ？」

「途中ですごく小さな羽虫が鼻に入って、トウジの顔にくしゃみぶちまけちゃったってさ」

「お、おう……それは別に良いんだけど……変わったことじゃないし」

「アォン」

「その後、トウジの頭の上にずーっとポーションにバツマークが入った変なものが浮いてるってポチ言ってるし」

「……は？」

ちょっと、それはどういうことかな、ポチさん？

「別に浮いてるものとかないけど？」

「うん、確かにそんなのどこにもないし？」

ポチの言葉を聞いて、俺の頭上に目を向けながらイグニールとジュノーは首を傾げる。

つまりポチには見えて、イグニールたちには見えない。

確認のために、ゴレオとコレクトにも尋ねてみる。

「ゴレオ、コレクト、俺の頭の上に何かあるの見える？」

「……」

「クエー」

どっちも頷き肯定していた。

インベントリから手鏡を取り出して見てみると、確かに俺の頭の上にポーションにバツマークが入ったものがあった。

「はあ……アンチポーションか……なんでまた……」

これでポーション類が使えないことに納得できた。

「アンチポーション？」

「なんだしそれ？」

未だに何がなんだかわからないといった面持ちのイグニールとジュノーに教える。

「イグニールの言っていた通り、一種の呪いみたいなやつだよ」

原因は、アンチポーションモンスターと接触してしまったことだ。

アンチポーションモンスターとは、ゲーム内の狩場を放置し、使いもしないのにマップを一つ独占するというマナーの悪いプレイヤーに対処するために導入されたシステムだ。

このモンスターは一定時間狩場にいると出現し、接触すると一時的にポーションが使用不可能になってしまうのである。

つまり、回復ができなくなるので、そのプレイヤーは死ぬのだ。

「でも、ポーションで回復ができないだけで害はないよね？」

「いや、実はな……」

ＶＩＴ強化を積んでいたり、ＨＰが高いプレイヤーは接触ダメージではなかなか死なない。

死なないプレイヤーの対策として、さらに長時間放置すると次は接触時に割合ダメージを与えるように進化するのだ。ポーション使用不可＋割合ダメージのコンボは凶悪である。

「……説明長くてよくわかんないし、もっと簡単に話すし」

「つまり進化したアンチポーションモンスターは十回接触したら死ぬモンス」

異世界にいるとしたら、邪竜なんか目じゃねえってくらいヤバい魔物と言えた。

そんな物騒なもんが、俺の体の周りに潜んでいるのである。

「ちょっと！　あと接触何回よ！」

イグニールは俺の話を聞いて慌てる。

「わからん！　でもまだＨＰは減ってないから大丈夫……ん？」

そこでふと気がついた。

「なあ、過労とか睡眠不足による風邪ってＨＰ減るの？」

「深刻な病だったら減るけど、基本治癒力が勝つから減らないわよ」

「あー、もう手遅れだ……」

寝込んでいる最中から今の今まで、ちまちまＨＰは減っていた。

ええ、減っていました。

もう凶悪進化を遂げています、本当にありがとうございました。

「それならトウジ、なんで生きてるし？」

「本当だよ」

捉え方によっては、とんでもない意味になる一言を呟くジュノーに憮然《ぶぜん》と返す。

俺だってなんで生きてるのかわからなかった。

セット効果で2万近くまで盛られてはいるが、装備を全て脱がされている状態の俺の素のHPは１０９０ほど。ＨＰ強化系のアクセサリー類を計算に入れても２５００ちょいだ。

【持久の指輪】
必要レベル：100
HP：1000（+200）
STR：0（+42）
DEX：0（+42）
VIT：0（+42）
INT：0（+42）
AGI：0（+42）
攻撃力：0（+25）
UG回数：0
特殊強化：◆◆◆◆◆◆◆◆◆◆◆◇◇◇◇
限界の槌：0
装備効果：十秒ごとにHPを50回復する　疲れにくくなる
＝＝＝＝＝

潜在等級：ユニーク
潜在能力：ＨＰ＋15％

フル装備を身につけていたら、アンチポーションモンスターによって一分に一回、ＨＰ総量から一割の２０００近いダメージを受けることになるが、装備をつけていない状態だと２５０程度のダメージしか受けない。

持久の指輪の効果によって俺のＨＰは一分間に合計３００回復するので、最終的な回復量が上回り、死なずに済んでいたのだった。

「奇跡か……」
「奇跡ね……」
「奇跡だし……」
「アォン……」
「……」
「クエェ……」

もし装備をつけっぱなしにしていたら今頃どうなっていたのだろうか。
睡眠不足で意識を失い、その間看病と称して丸裸にされたのが功を奏していた。
貧弱なステータスで良かったと思った瞬間である。

「でも原因が分かったとしても結局ポーションも装備も使えないんでしょ？」

「そうだな……どうしよう……」

ポチの話を聞く限りだと、俺の体の周りにいる可能性がある。

もう全身まるっと隈なくイグニールに拭かれたあとだから、これ以上詳しく調べる箇所なんてどこにもない。

「とりあえずほら、脱ぎなさい。確かめるから」

「えっ、ちょっと待って！」

病床に臥《ふ》している時ならまだしも、元気になった今はさすがにダメだろ。

「イグニールはそれで良いのかっ！」

「良いわよ別に。一回見てるし状況が状況よ」

「ええー……」

「あのね、私も二十五歳だからそれなりよ、それなり。とりあえず羞恥心と命の危険を天秤にかけて、羞恥心を取るのは許さないわよ。さあ、私が命を救ってあげるから脱ぎなさい」

「……」

お、追い剥《は》ぎだ、こんなの俺は求めてないぞ。

「トウジ、すっかり子供扱いされてるし」

「そんなこと言うなよ！」

変なところでかーちゃん力を発揮されても俺の黒歴史が増えていくだけだった。

確かに命の危険と言えよう。だが二十九歳にもなってそれはちょっと……。

うだうだ言ってられないのはわかっちゃいるんだが、いやしかし、いやいやいや、しかししかしかし。

元いた世界には厄介な魔物はいなかったが、三十路手前で年下の女の子に座薬を入れられるのと同じようなものだ。

「全身を焼いて消毒殺菌するより、羽虫を見逃してないか確かめる方が良いわよね？」

「そ、そうだけど……」

イグニールがにじり寄る。

「ほら、しのごの言ってないで寝室に行くわよ。全員で調べるの」

「……だが、しかし」

「あんただって私の下着に変なことして喜んでたでしょ？」

「ぐっ」

彼女の下着にまで装備強化を施していたことを言われてしまった。

変なことって、命を守るために必要なことだろうに！

ユニーク等級の下着なんだから、むしろ感謝して家宝にして欲しいくらいだ。

パブリックスキルつきだし、出すところに出したら高値で売れる。

競売かけたろか⁉

「治療院の人からもらった座薬だって入れてあげたし観念しなさい。私が同じ目にあったらトウジがしなきゃいけないんだからね？」

「えっ」

座薬も、いかれていただと……？

それは由々しき事態だった。

俺の心の中に引いてあった一線を越えた気がした。

「うわあああああああああああ！」

「あっ、ちょっと！　どこ行くしトウジ！」

「逃げた！　もう、なんだって言うのよ！　追いかけるわよ！」

「アォン……」

「クエェ……」

「……」

◇　◇　◇

恥ずかしさのあまり及んでしまった逃避行であるが、あっさり捕まってしまった。

素のステータス状態である俺が、イグニールとポチに敵うはずがない。

追いつかれてイグニールに羽交《はが》い締《じ》めにされ連れ戻された。

「もう、暴れないの」

「ふぐううううううう！」

素のステータスがクソみたいに低過ぎて、それで助かったのもなんか嫌になる。

強い装備と便利な秘薬がなければ、俺はただの何もできないおっさん。

そんな現実を叩きつけられた瞬間だった。

「嫌だあ！　素肌晒《さら》したくない！　あばらバカにされるぅ！」

「うっさいわね！　だったら私も脱ぐから。それならお相子《あいこ》でしょ！」

「さすがにダメに決まってんだろそれは！　なんだその状況！」

そんなよくわからない押し問答のあと、ポチとゴレオを一旦下げて、ゴクソツとチロルを出すことで話はついた。

攻撃を受けているということは、反射できる可能性もある。

持久の指輪とチロルの回復効果を含め、死なないレベルまでＨＰの総量をあげて、じっとゴクソツの反射が発動するのを待つ作戦だ。

どうよ、俺の体に隠れてダメージを与えているのならば、反射でぶっ殺すまでよ。

【サモンカード：フライヤ】
等級：レガシー
特殊能力：アンチポーション
特殊能力：1分に1回、HP1割カット

その結果、俺の髪の毛の中からサモンカードがドロップした時は目を疑った。

そんなところにおったんかい、って部分もそうだが、ゲームではアンチポーション系のモンスターはドロップアイテムなんて落とさなかったのである。

故に、サモンカードとして出現したことに驚きを隠せなかった。

……良いのか、これ？

こんなものを得てしまって良いのか、俺は？

とりつけば、ポーション等の回復を阻害し、十分後には確実に敵を仕留める。

そんな脅威的なサモンモンスターが生まれてしまった。

もっとも、完全なるチート能力を持つわけではなく、制限もある。

このレガシーという等級は、やや特殊な立ち位置なのだ。

優れた特殊能力を二つ持っていて、一体まで召喚可能であり、一日一回という召喚制限がある。

それにしてもアンチポーションやHP割合ダメージなんて特殊能力は見たことがない。

こんなサモンカード、リアルのゲームなら全財産を注ぎ込んででも購入するプレイヤーが現れそうだ。

「と、とにかくこれで一件落着だな」

厄介なアンチポーションマークが消えたので、チロルとゴクソツを戻しポチとゴレオを召喚し直した。

何か良いドロップがあったら良いな、なんて思ってコレクトを残していたのだけど、まさかこんなサモンカードをゲットできてしまうとは、最高過ぎる。

「なによ、思いの外あっさりね」

ベッドに座りほっと胸を撫で下ろす俺に対して、イグニールは少しむくれた顔をしていた。

「なんでちょっと残念がってんの？」

「……別に？　これも恩返しの一環だったのに、って思ってるだけ」

「別にそこまで拘《こだわ》らなくても良いんだけどなあ……」

そうぼやくと、イグニールはさらに言葉を続ける。

「何言ってんの、恩返しは老後まで続くから覚悟しておくことね」

「おうふ」

それはある種のプロポーズではないだろうか？

まあ、これは言葉の綾《あや》でずっとパーティーメンバーでいてくれるって宣言だろう。

冒険者業を引退しても、彼女とは何かしらの形で関わっていけたら良いなと思った。

「ねえ、結局新しいサモンモンスターが仲間になったたってことで良いし？」

「そうだよ」

と返すと、ジュノーは顔をニンマリとさせながら言う。

「だったら名前決めなきゃだし！　今回の命名権はあたしがもらうし！」

「アォン！」

「……！」

「クエッ！」

彼女の言葉にポチ、ゴレオ、コレクトがガタッと立ち上がる。

みんな薄々この流れに期待していたようだ。

ならば今回はどんなレクリエーションにしようかと考えているとイグニールにスッと抱きしめられ、優しくベッドに寝かされた。

「トウジは病み上がりだからゆっくり休みなさい。私たちで決めておくから」

むにっとした柔らかい感覚と、ふわっとした良い匂い。

まるで聖母のような雰囲気によって俺は気づかぬうちにベッドインしていた。

はわわ～、む？

何とも言えない高揚感の中、正気に戻る。

「……少しでも命名権を取れるように、先に俺を始末しておく気か？」

「バレたわね」

やっぱりか、先に俺を脱落させようとしていたらしい。

命名権争いは、もうすでに始まっているようだった。

「でもトウジ、どうせロクな名前考えてないでしょ？」

「そんなことないって」

見透かされた感じがして、少しムッとした。

ちなみに俺が考えていた名前は「十分で絶対殺すマン」である。どうだ、かっこいいだろう。

◇　◇　◇

「じゃ、このレガシーサモンモンスターの名前は、レガシーちゃんで」

俺の体に隠れて悪さしていた小さな羽虫の名前はレガシーちゃんに決定した。

今回命名権を得たのはゴレオである。

レガシーという名前にちゃん付けしているわけではなく、レガシーちゃんが正式名称。

「……！」

「くっ、まさか手先の器用さで負けるだなんて、女子力高いわねゴレオ」

ゴレオは両手を上げて喜び、イグニールは悔しがっている。

勝負内容は積み木。

均一に作られた積み木を横に三本ずつ向きを変えて組み上げてタワーを作り、下から積み木を引き抜いて一番上に積み上げていくバトルである。自分の番で積み木を崩してしまった者が負け。

順々に脱落していき、最後はイグニールとゴレオの熱い戦いとなっていた。

イグニールってこういう戦いは苦手かなと思ったが、どうやら手先は器用らしく俺の方が呆気なく負けてしまった。

ならばどうして料理が苦手だったり、芸術的なものに関してセンスがなかったりするのだろうと思うのだが、おそらく想像力が独創的な方向で豊かなのだろう。

ローディからヤバい手紙をもらっても平気だったり、仕方ないからと平気で俺のパンツを脱がして息子を摘《つま》んだり、彼女は実はそこそこヤバい奴である。

ちなみにイグニールがもし勝利していた世界線での名前であるが、それは彼女の名誉に関わるので秘匿《ひとく》としておこうか。

どうしても知りたい人は、今回上がっていた名前候補を列挙しておくので察してください。

名前候補一覧
・十分で絶対殺すマン

・モスキー
・レガシーちゃん
・ブンブンブーン
・餌
・確殺のカフリータ

……もうわかるな？

餌って名前はコレクトの案だ。

このラインナップを見ると、ゴレオが勝ってくれて良かった気がしないでもない。

「むー！　負けたー！　悔しいし！」

「悔しがるなら反則するなよな」

終わってからもブーブー文句を垂れるジュノーは、早々に反則負けで退場した。

どんな反則かというと、コレクトを脅して翼をはためかせ、その風によって他の人の順番で積み木を倒すという狡《ずる》過ぎるものである。

ポチの番でやったもんだから、今日のパンケーキはなしになった。

「パンケーーーーーーキッ！　うあああああああーーーーーーん！」

「アォン」

「自業自得だって!? 勝負は勝ったもんが勝者だし!!」

「どんだけ命名権に気合い入れてるんだよ……」

サモンカードなんてまた手に入るんだから、名前をつけるチャンスはまだある。

「あたしが名前つけてあげたの、まだビリーとブニーしかいないもん！」

「二匹いりゃ十分だろ」

「もっとつけたい！ 早く深淵樹海に行って魔物狩るし！ そしたら、竜樹もカカオもサモンカードも、ぐへへへへへ、次の命名権は確実に奪ってやるんだし、うへへへへへえへへ！」

……ハ、ハイになってやがる。

ブニーとは、ブニブニブニーというクラーケンのサモンモンスターだ。

貿易船を助けた際に、みんなの食料となったクラーケンからドロップしたやつ。

【サモンカード：クラーケン】
等級：ユニーク
特殊能力：被撃時10%の確率でグループメンバーが快感を得る

まったく戦力にはならない特殊能力だった。

クラーケンの海での戦闘能力には目を見張るが、攻撃を受ける度に俺やグループメンバーが快感を得るなんて使えるわけがない。

今まで強そうなサモンモンスターはそれなりの特殊能力を持っていたが、これほど使い方がよくわからない特殊能力は久々である。

キングさんが出るまでもない格下のクラーケンだったから、そんなもんか？

ブニーにはすまんが、一生召喚することはなさそうだった。

「トウジ、ブニーが戦ってるところ見てみたいから海に行って召喚するし」

「できるわけないだろ」

二度と来ないぞ、そんな機会。

「むー!!　みんなして意地悪するし!!　クソがっ!!」

「あっ、そんなこと言ったら明日もパンケーキなしになるぞー？」

「アォン」

「嘘だし嘘だし！　冗談だって言ってるしー！」

ポチに脅されたジュノーは俺の枕の下にすっぽりと隠れてしまった。

枕の下に居座られるのはすごく困るのだが、とりあえず放置しよう。

「……せっかく名前つけたあたしのモンスは活躍しないんだってさ、マクラス？」

枕の下からボソボソと独り言が聞こえてくる。
マ、マクラス？

「……ねー？　活躍させてもらえないって可哀想だし？　マクラス？」

「トウジ、マクラスって何かしら？」

「し、知らん」

恐らくだが、ジュノーは俺の枕に名前をつけている。

何を血迷ったかわからないが、そこまでやるか普通？

「マクラスマクラスマクラスマクラス」

ハイになってる通り越して怖いよ。

「ねえトウジ、マクラスって……トウジの枕の」

「知らない知らない！　放っておこう！」

「放っとけって言われるとなんだか気になっちゃうわよね。遠回しの抗議活動かしら？」

積み木バトルで負けたからって、またチャンスはあるだろうに。

もしくは目の前にあったパンケーキが失われたから我を失ってしまったのか。

最近こいつにパンケーキをあげ過ぎたのかもしれない。

ポチにパンケーキの量を抑えるように言っておこう。

バレないように少しずつ小さくしていくのだ。

「マクラスパンケーキマクラスパンケーキマクラスパンケーキ！」

うるせぇーーーーっ！

やっと問題が解決して、前に進めるかと思ったのに、終始こいつがうるさいせいで集中できない時間が続くのだった。

◇　◇　◇

その夜、俺は久々に日課である装備製作とポーション製作を行っていた。

病床にあった時は控えていたのだが、問題が解決したので解禁である。

「もう心配ないぞ、ポチ」

「アォン」

ポチはそれでも心配らしく、ベッドの上であぐらをかいて座る俺の足の上にちょこんと収まりよく座っていた。

気持ちはわかるのでポチのもふもふと心地の良い暖かさを味わいながら日課をこなす。

「大丈夫だよ、無理はしないようにするから」

「オン」

「わかってるって」

「アォン」

自分のくしゃみでとんでもない魔物を俺にくっつけてしまったことを悔やんでいるらしい。

アンチポーションなんて教えてなかったから、わからないのは当然だ。

ポチが気に病むことではないし、俺だって気にしていない。

結果的にゴクソツの反射でアンチポーション持ちのフライヤを処理できて、ついでにレガシー等級のサモンカードもゲットできたんだから良いってことよ。

「学びだよ。今後もしフライヤが出た時は気づけるだろ？」

「オン……」

「だからもう大丈夫だよ、ポチ」

ひしっと俺に抱きつくポチをもふりながらベッドに横たわる。

「みんなストリアの観光とかして、もう少しゆっくりしても良いって意見だったけど……」

休憩はそろそろ終わりにして、明日から深淵樹海に入るつもりだ。

一応ポチに聞いておく。

「ポチはどう思う？」

ポチはしばらく考えたあと、メモ帳に文字を書いた。


主に合わせる。

やりたいことを、好きなようにやって。

自分はそれについていくのが、楽しいから。

「そっか」

「オン」

さらに書き加えられたメモ帳が提示される。


勇者との戦い、自分も見てた。

主が焦るのもわかる。


「……はは、やっぱり焦ってるのわかる？」

「オン」

ポチは、俺が深淵樹海を目指す理由をお見通しのようだ。

事実、俺は焦っている。

今回の件で焦らないでいよう、ゆっくりやろう、と自分に言い聞かせているが、先の一件で肌で感じた勇者の底力。

彼らと俺は、切っても切れない特別な縁で結ばれている。

結ばれている、という言い方は変かもしれないが、これまでの状況を考えると何かしら繋がりがあることを否定できない。

「……強かったな、勇者」

ウィンストの杖を取り返した際にチラッと確認した賢者のレベルは75。

恐らく勇者も同じレベル帯なのだろう。

ユニーク装備をある程度整えた上、レベル100の大台に乗った俺ですら邪竜の重力の前に屈して動けなかった。しかし勇者はその中を平然と動き、一撃を見舞った。

「……勝てっこねえ」

いくらステータスの暴力と言われていても、可能な限りの時間を費やして作った装備があれば立ち向かえるかな、と考えていた俺の心を無造作に砕いていった。

装備製作やポーション製作のチートがあったとしても、毎日毎日休まず日課をこなしたとしても、俺はまだまだ追いつかないのだ。

彼らから逃げ続ける日々を強いられるのだ。

お金を稼いで安定して生きていく地盤はかなり整ったと思うのだけど、それを一気に台なしにしてしまう人物がいるなら、心の不安を拭い去ることはできない。

そんなの関係ないし、で生きていければどんなに楽だったか。

楽しいことだけに目を向けて生きていければどんなに楽だったか。

「今までを振り返ると、それが通用しないのは目に見えてるよな？」

単なる偶然か、それとも裏で誰かが操作しているのか。

見当がつかないから、自分で何でも対処できるようになっておかないといけない。

倒すという選択肢がない以上、逃げなければ……。

「なあポチ」

「アォン？」

「装備がない俺って、マジで何もできないおっさんだよなあ……？」

「オン」

即答だった。

「肯定するの早過ぎ……ショック……」

俺はもうすぐ三十歳になろうとしている。同級生は身を固めている頃合い。

異世界で何をやっとるんだって気になってしまう。

これは、俺がまだ元いた世界の感覚を捨てきれていない証拠だった。

まともな生活なんか、前の世界の時から諦めてたし、せめて今は周りの大切なものくらいは守れるようになっておきたいな、なんてね？

キングさんの言葉を振り返るようだけど、頼ってばかりじゃダメなんだよな……と思う。

「オン」

「ん？」

ポチから再びメモ帳を渡された。

別に格好つける必要はない。

主はセコくてダサくて、それで良い。


「……人がナイーブになってる時に、追い討ちをかけるか普通？」

「アォン」

俺の言葉をポチは鼻で笑っていた。

「オン」

「今度は何だよ……」


自分の等級がゴッドになれば勇者を凌駕《りょうが》するかもしれないよ？


「ねーよ」

ゴッドと言ってもサモンカードの等級の話で、特殊能力が良くなるだけだ。

でもまあ、期待してないと言えば嘘になるけどね。

ゴレオは等級が上がることで体内を構成する鉱物を上手く操れるようになった。

ということは、ポチの時も何もないということはないのだろう。

「つーか、ポチがゴッド級になったら、まさに神の料理人か……それは楽しみだな」

「アォン!」


主の貧弱な体は、自分が特別な魔物料理を作ってなんとかする。

内部から改善していく計画があるよ。


「それは却下で。絶対にやんなよ」

「クゥン……」

「可哀想なコボルトを装ってもダメ！　健康的な普通の食事しか認めません！」

内部から改善していく特別な魔物料理って何だよいったい。

これもどうせパインのおっさんの入れ知恵だろう。

どこかで厳しく、そして詳しく問いただす必要が出てきた。

「アォン」

「これ以上頑張っても墓穴を掘るだけだって？　なんか言葉が辛辣《しんらつ》だなあ……」

まあ良いか、考え込んでいても仕方がない。

「ポチ、今度コボルトのサモンカードでも集めに行くか」

「オン？」

ポチは、え、マジで、みたいな反応を示す。

「マジだよ、マジ。ゴレオもレジェンドになったし、ポチもやっとかないと」

「アォン！」

ポチは寝っ転がる俺の腹の上に乗って両手を上げて喜ぶ。

ポチをレジェンドにしたらドロップケテルの獲得量が増える。そうなればこっちのもんよ。

ドロップケテルに頼らないで強くなろうと思っていたけど、何度もセコいとかダサいとか言われていたら、逆にそれを貫き通してやろうかって気持ちになってきた。

ポチの頭を撫でながら言う。

「ポチ、愚痴を聞いてくれてありがとな？」

「オン」

思えば、こうやって二人で話すことが、最近なかった気がした。

周りにいる人が増えたってのが、一つの要因かもしれない。

たまにはこういう時間を作ることも大事かもね。ポチは俺が最初に出会って今まで一番多くの時間を一緒に共有してきたサモンモンスターなんだから。

「よし、なら日課の再開だ！　気合い入れていくぞ！」

「アォン……」

「え？　それはやめとけって？　癖なんだから仕方ない、うん」

ポチだって魔物料理を癖で作るくせに、棚に上げるなよな。

「ポチが魔物料理をやめたら俺も日課減らす」

「オンッ！」

「割に合わないだって？　今まで散々食わされてきたんだから、トントンだろ！」

「グルルルルルッ！」

「お？　やるか？　良いぞ？　今日は唸《うな》っても泣いても降参してもお前のその愛くるしい毛並みをもふり倒してやる。とりあえず装備つけてくるからま――」

「オンォン！」

「――ちょ！　待って！　バカ今装備着てない！　噛むな痛い！　マジで死ぬから！」

コボルトに喧嘩で負ける二十九歳フリーターだった。

◇　◇　◇

「よっこらせ」

翌朝、ベッドをポチとジュノーに占領された俺は、起きて早々リビングへ向かう。

暖炉の前のソファに腰かけ、揺らめく火にあたりながらレベル１００になって新たに解放された要素の確認をすることにした。

解放された新要素は、その名も六大性質。

職人技能のタブに新しく追加された項目で、これもまた強化要素の一つだ。

六大性質の項目には、布施《ふせ》、持戒《じかい》、忍辱《にんにく》、精進《しょうじん》、禅定《ぜんじょう》、智慧《ちえ》のパラメーターが存在する。

そのパラメーターを修業によって上げていき各種ステータスを強化するのだ。

マックスレベルは100で、1レベルにつきステータス+5の強化となる。

布施、持戒、忍辱、精進、禅定、智慧の順番で強化されるステータスは、全ステータス、STR、VIT、AGI、DEX、INT。

六大性質のレベルをマックスにすると、全てのステータスが1000伸びる計算になる。

これの良いところは、素のステータスに加算されることだ。

つまり潜在装備にある%アップ効果はこれが元になるのだ。

今身につけているユニーク装備の性能は、全ステータス%アップで揃えてあり、その合計値は850%ほどとなる。

六大性質のステータスが追加された場合、潜在能力の効果を合わせると、俺の貧弱なステータスは8500も伸びることになるのだ。

正直、強い！

素のステータスが低い俺にとっては、強くなるチャンスである。

さらに素ステ増し増し効果以外にも面白い要素がある。

・六大性質
・布施　ケテル獲得量＋10％　ドロップ率＋10％
・持戒　ダメージ＋10％　ボスダメージ＋10％
・忍辱　ＨＰ＋２０００　異常状態耐性＋10％
・精進　熟練度獲得率＋10％　スクロールの成功確率＋10％
・禅定　属性耐性無視＋10％　防御無視＋10％
・智慧　ＭＰ＋２０００　バフ時間延長＋10％

これは全てレベル１００に到達した際の最高値だ。

ぶっちゃけると素ステ上昇効果よりもこっちの方がありがたかったりする。

ケテル獲得量やドロップ率、さらにはスクロールの成功確率上昇効果は、装備を強くする上でかなり有用だ。

この何一つ腐らない六大性質は、全ての修業を終えてレベル１００に至ると、六波羅《ろくはら》仏神《ぶっしん》と呼ばれるスキルを使えるようになる。

一日一回三十分限り、素のステータスアップ効果を一・五倍にするもの。

装備のステータス％アップ効果は全ての装備の合計値だが、素の数値を一・五倍にすると単純に装備のステータス％アップ効果も一・五倍となる。

うむ、俺は仏のトウジを目指して今日から修業に励むつもりだ。

因果関係の中にある漠然とした不安を強く痛感させられた最中に、この六大性質解放。

なんということでしょう、世のため人のために生きていけと世界が言っているのだろうか。

これも一つの禊《みそぎ》だ。

システム的な強制禊だってことで、納得しておく。

さて、それぞれの修業方法だが、仏神から毎日クエストを授けられたり俺の日々の行動によって上昇させていくものだ。

もちろん、異世界にはクエストをくれるＮＰＣなんて存在しないので、日々の行動によって地道にレベル上げするしかないのである。

ではその条件を説明しよう。

・布施……一定の価値以上のアイテムを他の冒険者に渡す。
・持戒……提示された戒律を守って一定時間行動する。
・忍辱……モンスターからダメージを受けた際、一定時間反撃しない。
・精進……モンスターを一定量、一定時間倒す、もしくは一定時間同じことを繰り返す。
・禅定……動かず、何もせず、一定時間過ごす。

・智慧……書物アイテムの閲覧所持、強化のスクロールを使用する。

簡単に説明するとこんな感じである。
布施は、捨てたアイテムを他の人が拾えば楽に経験値稼ぎが可能。
持戒は、戒律というルールが発生し、それを守れば良い。戒律は六大性質タブにある。
忍辱は、攻撃を受けたあと、狩場を変更すればオッケー。
精進は、とにかく同じ魔物を狩ったり、同じ行動を繰り返すしかない。
禅定は、放置。寝れば勝手にレベルが上がる。
智慧は、スクロールをたくさんかき集めて、消費すれば良い。
すでに攻略法は俺の脳内で組み上がっている。
ゲームでの攻略法が通用するのかは知らないが、試す価値はあった。
そっくりそのままリアル六波羅蜜《ろくはらみつ》を実践しろ、とかそんな話ではないはず。
もしそうだとしたら俺には厳し過ぎて絶望的だ。
「うーむ、とにかくやってみるしかないか……」
「……何してるの？　トウジ？」
神に祈る気持ちで過ごしていると、イグニールが起きてきた。
試しにものをあげてみて、布施の経験値が溜まるか確認してみよう。

「イグニール、はいこれ」

「ん？　何かしら？」

「今回色々とお世話してもらったから、そのお礼だよ」

「え……」

手渡したのは、全ステ%アップ潜在能力のついたネックレス。

装備を変える前につけていたお下がりだが、今イグニールがつけているものよりも良いやつだ。

少し首回りがごちゃごちゃしてしまうかもしれないが、気分でつけ替えても良い。

「ぁ……ありがとう……」

「いいよ」

すぐに六大性質の項目を確認すると、布施の経験値が少しだけ上がっていた。

誰かに手渡すだけで良いっぽい。

戒律も魔物を倒すのではなく、他人の肩を五分揉むと記載されていたので、イグニールを使って経験値稼ぎを行う。

「イグニール、ちょっとここに座って」

「え？」

「肩揉んであげるよ」

「あっ、うん……ありがとう……」

イグニールはどういう風の吹き回しかしら、と首を傾げながら髪の毛を退けてうなじを露出させる。

彼女の白い肌、白い肩を揉みほぐしながら俺も少しだけ首を傾げていた。

あれ、すごく自然な流れで肩を揉んじゃってるけど、ゲームにはこんな戒律はなかった。

ゲームとは若干の差異があるようである。

つーか、他人の肩を揉むって持戒なのだろうか？

肩を揉みながらイグニールの胸元に視線が動いてしまう……

煩悩退散、と言いつつもバレないのを良いことに見ていると失敗と表示された。

おい、意味がわからんぞ！

なんで失敗になるんだよ！

戒律に従ってしっかり肩を揉んでいるじゃないか、頼むよ持戒さん……。

割と簡単にレベル上げできるかもしれないという希望が見えたが、これによって一気に絶望に叩き落とされた気分だった。

「ねえトウジ、足と腰と背中もついでにお願いできるかしら？」

「え……」

もう戒律は失敗扱いだから他の項目のチェックもしておきたいのだが、彼女には俺が寝込んでいる間に世話してくれた恩がある。

良いでしょう、やりましょう。仏のトウジはしっかり恩義に報います。

断じて役得とか思ってないもんね、むほほ。

第五章　いよいよ、深淵樹海へ！

翌日早朝、俺はリビングにみんなを集めていた。

「えー……すいません、一つ皆様にご報告したいことがございます」

まだ眠たそうなポチ、ゴレオ、コレクト、イグニールが俺を見つめる。

「何よ、朝っぱらから……」

「アォン……」

「パンケーキ、うへへへへへへ――へぱっ」

ジュノーはまだ寝ぼけたまま俺の枕にしがみついていたので、そのままテーブルの上に放り投げた。

ゴッと後頭部をテーブルに打ちつけたヤバそうな音が響くのだが、それでも起きないのには感心する。

「っていうか、トウジ……寝てないの？　こないだ睡眠不足で倒れたのに？」

寝癖がアホ毛みたいになっているイグニールが、欠伸《あくび》をしながら尋ねる。

「また寝ずに何かしてたのなら、次から一人で寝るのは禁止にするわよ？」

添い寝ルートかと勘違いしてしまいそうな言葉だが、恐らく違う。

みんなで雑魚寝《ざこね》して、俺が寝るまで監視するぞという脅しだ。

激しく嫌なので弁明しておこう。

寝る時は、基本的にポチしか傍にいることを認めない。

「寝るつもりだったけど、寝るどころじゃなかったって感じ？」

「……どういうこと？」

腕を組んで訝しむイグニールに告げる。

いやこの場にいるみんなに告げなければいけない、本当に大切なことだ。

「先に謝っておく。本当にごめんなさい！」

「だから、なんなのよ？」

「俺たちのパーティーは、昨日の夜から財政難になりました」

「……はあ？」

「いやあ、話せば長くなるんだけどさあ……」

昨日、イグニールにマッサージを施したあと、そのまま眠ってしまった彼女に釣られて俺もなんだか眠くなってしまった。

みんなで情報収集に行くつもりが、一日無駄にしてしまったわけである。

朝から夜まで寝てしまったが故に、深夜の暇潰しがてら眠たくなるまでとある装備の特殊強化をやってみようと思い立った。

何かと言うと、エクシオル装備である迷宮守護セット装備のこと。

指輪、首飾り、ベルト、イヤリングの四つ。

漠然とした不安に苛《さいな》まれている今、俺にできる唯一の精神安定剤と言えば、強くなった実感を得られる装備の強化しかないのだ。

前にも話したと思うが、エクシオル装備の特殊強化はステータス補正がかなり伸びる。

◇1……全ステータス＋10／５００万ケテル
◇2……全ステータス＋15／６００万ケテル
◇3……全ステータス＋20／１２００万ケテル
◇4……全ステータス＋25／１３００万ケテル
◇5……全ステータス＋30／１４００万ケテル

こんな感じに、かかる金額も相当だが、普通の特殊強化よりも破格の伸びを持つのだ。
◇15まで強化が成功すれば、全ステータス＋６７５。

それが四部位あって、合計で２７００のステータス補正値を持つ。

邪竜の重力はステータスによって相手に縛りを与えるような効果だったので、今後邪竜を呼び出すことがあるのなら、とにかくステータスを伸ばす必要があった。

お蔵入りにしようと思ったのになんでそういう結論に至ったのかは、今考えても謎であり、とにかく不安とか色々あって夜のテンションでそうなった。

で、◇15の最終強化までの費用が2億６２００万ケテル。

さすがにそこまでやるつもりはなく、四部位を全て◇5まで強化するつもりだった。

全て一発で成功した場合、費用は５０００万で済む。

四部位合わせて2億……ギリギリ足りる計算だった。

成功率もスペリオルほど絞られているわけではなく、◇6までは、70%から４%ずつ減っていく形である。

・成功率
◇1……70%　◇2……66%　◇3……62%
◇4……58%　◇5……54%　◇6……50%

これはいけるだろうと、昨晩の俺は確信していた。

最近強化運はかなり悪い方だったので、次は揺り戻しが来ると謎の信頼を寄せていた。

ゴレオの等級上げだって、一発でレジェンドを引き当てたし？

何かに縋《すが》るようにして、俺は特殊強化を行った。

みんなを守るために、強くなるために、強化がしたいがために。

いける範囲ギリギリの資金を突っ込み……そして見事爆死した。
◇1は70％の確率で成功するのだが、逆に言えば30％の確率で失敗する。
その30％を何度も引いてしまった俺は、逆に運が極まっていたのかもしれない。

愕然《がくぜん》としたが、失敗を積み重ねればいずれ必ず成功が訪れる。

……で、ムキになって朝が来たのだった。

何度か◇4まで成功した部位も存在したのだが、失敗すると◇が一つ戻る。

その結果、なんと特殊強化成功回数一回の装備が転がっていた。

それでも全ステータス＋40の装備、強……くはない、弱い。

インベントリのケテル残高は30万とちょっと。

覚えてないけど憂《う》さ晴らしがてら、適当な装備に使ってしまったのだろう。

「そんなわけでこの宿はすぐチェックアウトして安宿行きです」

「……目も当てられないギャンブル中毒ね」

「すいません」

ジト目で俺を見るイグニールに、ただただ謝ることしかできなかった。

ゲームをやっていた時もこういうことを何度も繰り返していたから、俺は本当に学ばないクズ野郎だよ。

みんなの前で謝罪する羽目になってからやめておけば良かったと思うんだ、とほほ。

装備の強化って、俺からすれば中毒性の高いギャンブルと同じなので、イグニールの言う通りである。

この壁をクリアすれば、さらに強くなれると思うとやってしまう。

気をつけていたんだが、最悪のタイミングでやらかしてしまった。

「でも、成功してたらステータスが２７００も伸びる予定だったのよね？」

「厳密に言えば、特殊強化５のエクシオル装備が、四部位だと＋４０００って予定」

予定はあくまで、予定である。

「まっ、誰にだって失敗はあるわよ」

反省の意を示す俺に、イグニールは溜息を吐きながら言った。

「当分は私のお金でやりくりできるから、何度でもチャレンジしなさい」

「イ、イグニールゥ……」

聖母や、聖母がおるで。

「装備や秘薬を作るのが、トウジのすごいところなんでしょ？」

「唯一の取り柄というか、なんというか……」

「だったら思う存分にやった方が良いんじゃない？」

イグニールは言葉を続ける。

「困ってる時にトウジが素材をくれたから私は杖を取り戻せたし、当面の生活も安定した。今がその恩を一つ返す番ね。特に浪費する予定なんてないし良いわよ、やんなさい」

聖母じゃない、もう女神だ。

俺の目の前にいる女性は、女神の生まれ変わりか何かですか。

これに甘えてしまうと、ダメになってしまう気がした。

とにかく今日のことはしっかり反省して、えらく費用のかかる強化をする時は事前にみんなに伝えてからにしよう。

彼女は恩を返すと常々言っているけど、その言葉だけですでに俺は救われているのだ。

「アォン！」

「トウジ、なんかポチが等級アップの費用はどうなった！　って怒ってるし」

「それは本当にすまん！　馬車馬《ばしゃうま》のように働きます！　すいません！」

「……ってか、なんだしこの状況。なんか後頭部に違和感あるし、どういうことだし？」

２億ケテル持っていたとしても、失敗すれば一瞬でなくなる。

ゲームとリアルが曖昧《あいまい》になって、その辺の感覚が薄れていた。

胸に刻んで忘れないようにしておこう。

どうも俺はテンションが上がると、行動に出てしまう節があった。

もうじき三十歳になるし、大人になろうな。

そしてこのあと、俺の散財と失敗を知ったジュノーは大声を上げて驚いていた。

パンケーキが食べられなくなることを悟り、涙を流して俺のフードに閉じ籠った。

◇　◇　◇

休みは終わりだ、働かなければならない。

俺たちはグレードダウンした宿にチェックインするとすぐに冒険者ギルドへ向かった。

金を稼ぐにはここしかない。

取り急ぎ、色々な依頼を重複して受けるところから始めよう。

「ねえ、こっちの依頼はどうかしら？」

「アォン」

「こっちもだしー」

「……！」

ストリアは深淵樹海と接する国なので、高額な依頼もあるはずだ。

みんなで手分けしてフリーの依頼やらAランクの良さげな依頼やらをかき集める。

そんな中、俺は高額ドロップアイテムが期待できる魔物の情報を探していた。

深淵樹海は広域型の大迷宮。

生態系も多種多様だと聞いているので、恐らくいるだろう……金色の魔物。

「クエッ」

「ん？」

俺の頭の上で、じーっと依頼掲示板を眺めていたコレクトが嘴《くちばし》で器用に依頼書を咥《くわ》える。

会心の依頼だと言わんばかりの表情で渡された依頼書を見ると、ダンジョンに存在するカカオを持ってきた者に、５０００万ケテルを渡すという内容だった。

依頼主は、デリカシ辺境伯。

「辺境伯もカカオの存在を知っていたのか……」

ラブから得た情報だから、人々には知られていないとばかり思っていた。

しかし辺境伯は、こと珍味になると本当にお金を出しまくっている人である。

５０００万ケテルとはまた大枚叩《はた》いているわけだが、資金はどうやって調達しているのか。

定期的に持って行っていたクサイヤチーズだって、正直安くはない。

「あっ、そう言えば代金受け取ってないや」

破産したかと思っていたが、希望が見えた。

辺境伯に流しているクサイヤチーズの代金は、アルバート商会に丸投げしていて、ポーションや武器の代金と一緒に受け取るつもりでいたんだった。

代金を受け取る前に色んなところを飛び回っていたので、すっかり忘れていたのである。

良かった……マイヤー貯金があって……これで少しは心が軽くなった。

「コレクトありがとう、大事なことを思い出せたよ」

「クエッ」

「それにしても、実が一つで5000万って相当価値が高いもんなんだな」

「クエッ！」

コレクトは高いものは大好きだ、と喜ぶ。

こいつに関しては食べてみたいじゃなくて、本当に価値があるから好きなんだろう。

「つーか、カカオって普通高温多湿な場所で栽培されている熱帯植物だけど……？」

赤道の南北緯度二十度以内、年間平均気温二十七度以上、年間通して気温の上下する範囲がごくごく狭い地域でのみ栽培されているはずだ。

例のドキュメンタリー番組で見た。

まだまだ寒い今、本当に実がなっているのか疑問だった。

ダンジョン内は外界の気候なんて関係ないのかもしれないし、夏でも冬でも関係なく実るとんでもないカカオって線もある。

とにかく、金に変わる依頼を見つけたので探しに行こうか。

「そこの君！」

その他にも大量の依頼書を抱えて受付に向かおうとすると、後ろから声が響いた。

振り返ると、質の良い派手な服を身につけた男が立っている。

「まさかとは言わないがね！　ダンジョンカカオを取りに行くと言うのかね！」

「え？　はい、そうですけど」

「そしてまさかとは言わないがね！　デリカシの依頼を受けると言うのかね！」

「まあ、はい……ですね」

喋り方の癖がすごいな、この人。

服装や出立ちからして冒険者ではなく、貴族っぽい雰囲気だった。

「その依頼の一割増しの依頼を今から出すところなのだがね！　そっちにしないかね！」

「えっ、つまり？」

「どうせ依頼を受けるのならば、このテイスティの依頼を受けろと言うのだね！」

ほうほう、ふむふむ……。

どうやらカカオを取りに行くなら自分の分も取ってこいってことのようだった。

デリカシ辺境伯の依頼よりも一割増しの値段を出すのなら、やぶさかではない。

一つしか実らないタイプじゃなければ、一個も二個も同じだからだ。

そうすれば1億500万ケテル……やばい、美味しい依頼だぞこれ。

「良いでしょう。依頼を受けますので申請をお願いします」

「よし！　だが、割り増しするからには一つ条件があるんだね！」

「なんですか？」

「忌々しいデリカシの依頼は受けるな、ということだね？」

因縁《いんねん》めいたセリフを叫ぶ目の前の男テイスティ。

彼はいったい何者なのだろうか。

「ええ……何でですか……？」

依頼を受ける受けないは、冒険者の自由であり強制力はない。

何となく厄介そうな匂いが立ち込めるのだが、金が惜しいので一旦事情を聞くことにした。

「単純な話だね」

目の前に佇《たたず》む中年のガリガリ男は、カールさせた艶やかな髪をかきあげながら言った。

「私とデリカシはライバル関係！　故に先を越されたくないという至極当然の理由だね！」

「ライバル関係……？」

「西のデリカシ、東のテイスティ……ともにグルメ品評会の二大巨頭と呼ばれているのを君は知らんのかね？」

知っていて当然かのように宣っているが、まったく知らなかった。

そもそもグルメ品評会とは何なのか。

名前のニュアンスからして食べ物を評価し合う会ってことで良いのだろうか。

デリカシ辺境伯と肩を並べて二大巨頭と呼ばれるのなら、目の前で「だねだね」と癖の強い言葉遣いをするこの男は、ひょっとしたらお偉いさんなのかもしれない。

一応、言葉遣いに気をつけておこう。

「すいません、知らないです」

だが、知らないものは知らないので正直に知らんと答えることにした。

下手に気を遣って嘘を吐く方が失礼だからね？

能力に関して散々嘘を吐いて誤魔化してきた俺が言うのもなんだがね！

仕方ない事情がある時は嘘も方便だというガバガバ理論さ。

「なにっ！　知らないのかね⁉」

「はい、すいません。申し訳ないです。ごめんなさい」

「そこまで謝られると、まるで私が悪いみたいじゃないかね！」

ペコペコ謝罪すると、テイスティは表情を引き攣《つ》らせながら説明する。

「私はストリアのマイルド・テイスティ侯爵。人呼んでグルメ侯だね！」

「グルメ侯……？」

首を傾げると、侯爵は身につけていたマントをバッと翻《ひるがえ》しながら叫んだ。

「そう！　世界中のありとあらゆる美食を知り尽くした美食会の雄《ゆう》！　それが私だね！」

「おおお……っ」

要するに食い道楽貴族ってことか。

自分のことをそこまで豪語するならば、珍味のためなら死も厭わないデリカシ辺境伯をライバルだと自称するのも頷ける。

「デリカシの奴は、最近新たな珍味を発見したとして幅を利《き》かせているんだね？」

そう前置きしてテイスティ侯爵が語り始めようとした時だった。

「あの……ちょっと良いですか？」

俺の後ろにいた受付のお姉さんが、ゴホンと咳き込みながら苦言を呈す。

「他の方も受付に来られますので、奥の休憩所でやっていただいて良いですか？　侯爵様も毎回毎回そうやって冒険者の方に無理やり絡みに行くのはあまり良くないですよ……」

「今は大事な交渉中だがね！　邪魔をしないでもらえるかね！」

受付のお姉さんに怯《ひる》むことなく言い返す。

気づけば周りの視線が集中しているし、朝なので他の受付には長蛇の列ができていた。

「す、すいません」

印象を悪くして評価を下げられたら不味い。すぐに平謝りして侯爵を連れてギルドの奥の休憩所へ向かうことにする。

「侯爵様がこうしてギルドに顔を出して、朝から冒険者の方々にしつこく絡むのは日課みたいなものですから……まあ、お気になさらず……話を聞いてあげて断れば帰りますから」

「は、はあ……」

グルメ品評会の二大巨頭でありグルメ侯のテイスティともあろうお方が、なかなかの扱いを受けているようだった。

デリカシ辺境伯の依頼も最初はハズレ依頼だと思われていたようだし、どこの美食業界も表向きの扱いはこんなものなのだろうか。

それから休憩所の一角に場所を移した俺たちは、早速テイスティ侯爵より依頼の説明を受けることになった。

場所を移る前にちょろっと受付の人から聞いたのだが、ストリア東から東南にかけて深淵樹海に細長く隣接しているのがテイスティ侯爵領とのこと。

日々拡大を続ける深淵樹海の影響を抑えるのに重要な領地の領主らしい。

そんなすごい奴に苦言を呈する受付のお姉さんの方が実は偉いんじゃないかと思ったが、もはやその光景はこの冒険者ギルドの日常になっているそうで誰も気にしないのだとか。

「デリカシの奴とは腐れ縁だね」

紅茶を飲みながら未だに自分語りし続ける当の本人がまったくダメージを受けてないから、お姉さんがああなっちゃうのも仕方ないのかもしれない。

「グルメ品評会で切磋琢磨《せっさたくま》し合う、ライバルだね」

「さっきから出てきてるそのグルメ品評会ってなんだし？」

俺の隣でジュノーが侯爵に聞き返した。

デリカシという言葉を聞いて、テイスティの話に興味津々《きょうみしんしん》っぽい。

「なんだね、このちんちくりんは？」

「ちんちくりんじゃないし！　ちゃんとジュノーって名前があるし！」

「侯爵様、私の従魔なのでお気になさらず」

「ふむ、なかなか愉快な従魔を持っているようだね？」

「ええ、失礼なことを言いますが、甘いものをあげれば害はないです」

ジュノーの言葉遣いには毎回ヒヤッとさせられるが、デリカシ辺境伯と同じでそういった部分は寛容そうで助かった。

「トウジ！　その言い方はさすがに酷いし！」

「でも本当だろうに……」

パンケーキを目の前に出せば、何があってもそれに飛びつくのが師匠である。

「ふむ、甘いものか……どれどれ」

甘いものと聞いた侯爵は、ポケットから袋に入った丸い飴を取り出しジュノーに見せた。

「……アメちゃんだあっ！」

「ふふん、欲しいかね？」

「欲しいし！」

ジュノーの目の前で飴を左右に動かす侯爵。

釣られて涎《よだれ》を垂らしながら顔を左右に動かすアホ。

「よく味わってお食べなさい。それは深淵樹海に存在する糖樹から取れる最高級の飴だね」

「わーい！　ぺろぺろぺろぺろぺろぺろぺろ！」

ジュノーは飴を抱えて一心不乱に舐め回す。

傍で見ながら、お前はそれで良いのかと思った。

「す、すいません……飴をいただいてしまって……」

「いやいや良いんだね良いんだね。とりあえず話を先に進めるんだね」

「はい」

「デリカシは私の永遠のライバルである、ということはさっき言ったがね？」

頷くと、侯爵はバンッとテーブルを叩きながら叫ぶ。

「奴は最近、とんでもないものを品評会に持ち込んだんだね！」

「とんでもないもの？」

「生物にしか寄生しないクサイヤがチーズに寄生した……その名もクサイヤチーズだね！」

「あ、ああ……」

まさかクサイヤチーズの名前が出てくるとは思わなかった。

デリカシ辺境伯が涙を流して感動した逸品は、海を越えて国を跨いで、そこそこ離れた場所にあるストリアの侯爵にまで、その名が届いているらしい。

クサイヤチーズは、グルメ品評会のお偉いさんたちに価値を認められ、100グラム100万ケテルで取引されるそうだ。

その名も、臭い白金貨。

俺がデリカシ辺境伯に卸している価格が1キロ100万ケテルだから、十倍に跳ね上がっている。

やべぇな……日本にあるクサヤチーズから着想を得て作った適当チーズなんだけど、知らない間にこんなことになっていたとは、驚きを隠せない。

ちなみにグルメ品評会というのは、端的に言えば世界の金持ちが俺の食べたものはすごいぞって自慢し合う、食い道楽組織である。

金持ちの食い道楽とか、良いご身分だなと底辺の俺からすれば嫉妬の対象なのだが、食べられる魔物の発見や家畜や野菜の美味しさを追求し、品種改良を各自行っているのだそうだ。

そうしてこの世界の食料事情の発展に関わる、かなり有名な組織のようだった。

「クサイヤチーズを食べた時、私は涙を流したがね」

「そ、そうなんですね……」

デリカシ辺境伯も泣いてたな。

「世の理《ことわり》を一切合切《いっさいがっさい》無視したその存在と味は、まさに珍味の王だったね！」

我ながらとんでもない代物を作ってしまったもんだ。

でもまあ、普通は考えないよな？

クサイヤなんて魔物を従魔にするなんて。

図鑑の中で話を聞いているシュールも鼻が高いだろう、鼻ないけど。

「私は一瞬敗北を悟った……だが――」

俯いてプルプルしていた侯爵は、またテーブルを叩きながら叫ぶ。

「――ここで負けてはグルメ侯の名が廃《すた》るんだね！」

「ぴゃっ⁉」

テーブルにペタンと座って飴を舐めていたジュノーが、その圧に驚いて転げ落ちていた。

「おお、すまんがね。お詫びにもう一つ飴をやるんだね」

「え？　わーい！　見てトウジ！　二つもらったし！」

「おう、良かったな」

飴を二つ抱えて喜び「爆乳」とかほざくジュノーを放置して、続きを聞く。

「デリカシはまだ、カカオを食べたことがないんだね。だからこそ、私が先にそれを発見し品評会に持っていくことが、唯一奴に追いつくための手段であるんだね」

だからデリカシ辺境伯の依頼を受けるなと言ったそうだ。

なんとも子供染みた理由だが、食い道楽のプライドというものなのだろう。

「なるほど、事情はわかりました」

侯爵の事情を聞いた上で、依頼を受けるか受けないか決めようとした時、ジュノーが不意に会話に加わる。

「トウジ、デリカシとあたしは親友だから、カカオを渡さないのはダメだし」

「お、おう」

飴二つ抱えてふざけていた奴が、急に真面目なトーンになっていて困惑した。

一応、さっきまでの話は全てしっかり聞いていたようだ。

「む、ジュノーはデリカシの親友……なのかね？」

ギラリとした眼光をジュノーに向ける侯爵。

ライバル視する、デリカシ辺境伯との繋がりが露見してしまったのは不味かったか。

これで信用できない、と依頼が成立しなかったらどうしよう。

約1億ケテルがもったいないことに……。

でもこれで侯爵が先にゲットして、辺境伯が興味をなくしたら意味ないのか。

最初から５０００万ケテルの依頼として受けようかな……。

「そうだし！　親友だし！」

俺の心配を他所《よそ》に、ジュノーは話す。

「あたしの親友リストナンバー一桁台《ひとけただい》を舐めたら、痛い目見るし！」

一桁台を舐めたらどんな痛い目を見るのだろうか。

ジュノー、あんまり失礼なことを言わないでくれ。

「何を言うかね！　私の親友もデリカシなのだねっ！」

あれ、話の雲行きが急に変わってきたぞ。

「デリカシとは、ライバルであり、親友でもあるんだね！」

「はあ？　あたしの方が親友だし！　ナンバーは？　何桁だし！」

「ふっ、デリカシは唯一無二の私の友……つまりナンバーワンだね？」

「ナ、ナンバーワンだし……？」

なんだかわからないが、序列の張り合いになっていた。

デリカシ辺境伯の交友関係における序列ではなく、あくまで自分の中でデリカシが何番目かという実に頭の悪い張り合い。

本人がいないところで言ってるから何も言わないけど、普通に失礼だぞ。

「ジュノー、ナンバーワンでありつつオンリーワン……この意味がわかるかね？」

「そ、それって……親友はデリカシ一人で良いってことだし……？」

「その通りだね！　さらにともに並び立つ美食の戦友という立ち位置だね！」

「び、美食の戦友!?　……か、かっこいい、負けたあー！」

四肢をついてガックリと項垂れるジュノーに、ガッツポーズの侯爵だった。

ナンバーワンだのオンリーワンだの戦友だの言ってるが、自分がボッチであることを大声で宣言しているだけである。

何だこの争いは……胃もたれしそうだ……。

「序列？　ふっ、まだまだ甘いぞ。真に持つべき友人は、伴侶《はんりょ》と同じでただ一人なのだね」

「ふぐう」

「ジュノー、一つ覚えておくと良い。真なるものは……常に一つなんだね！」

「わ、わかったし……でも友達はたくさん欲しいし……ど、どうすれば？」

「それは他に友達がいない私にはわからないがね？　自分で考えろ！」

縋るように助けを求めるジュノーを侯爵はさらっと見捨てた。

はは、なんだこれ。

色々とツッコミどころ満載なわけだが、どこから切り込めば良いのかわかんねぇや。

「とりあえず侯爵様は、デリカシ辺境伯様と仲が良いんですね？」

戦いの総まとめとして、それだけ聞いておく。

「うむ、故に奴を認めさせるほどの美食と言えばダンジョンカカオ。私はそれを探し求める冒険者をずっと探していたんだね！」

デリカシ辺境伯が良い例だが、こういう道楽貴族は破格の値段で依頼を提示する。

その金に飛びつく冒険者もいるが、要求難度が高いため敬遠されることも多い。

むしろギルド側がそうなのだ。

加えてテイスティ侯爵は、冒険者ギルドでも名の知れた変わり者。

彼の求める美食とやらは、そもそも本当にあるかどうかわからないと、誰も依頼を受けてくれない状況だったそうだ。

「そんな中、カカオに詳しそうなことを呟く君がいたね！」

そのチャンスを逃すまいと、俺に声をかけたのである。

「深淵樹海の深層域に存在すると言われるダンジョンカカオは、森の入口付近にまで届くほどの魅惑の香りで過去に多くの美食家たちを引き寄せた。だが、誰一人持ち帰った者はいない……それでも引き受けてくれるかね？」

「そんなに貴重なものなんですか？」

ラブから聞いた話と大分違う。

侯爵の話を聞いて、少しだけ違和感を覚えた。

「うむ、狙うと深淵樹海にいる強力な魔物や守護者が出て来るそうだ。それらを掻い潜りカカオを手にすると、今度は木々が蠢《うごめ》き出して、森全体がカカオを手放すまでしつこく追って来るそうだがね」

「おおう……」

ラブが散々追いかけ回されたという、暴食のグルーリングだろうか？

普通のダンジョンは、ダンジョンコア自らが出て来ることはないのだが、ことカカオに関しては直接奪い返しに来るようだ。

「頼むんだね！」

面倒だな、と思った俺の表情を察したのか、侯爵は言う。

「ようやく珍味依頼に興味を持つ冒険者に巡り合えた！　この機会を逃したくないんだね！」

「でも５５００万かあ……」

「チャレンジするだけでも、日数分の報酬を出そう！　一日１００万だね！」

「おおっ、それならやる気が出て来ないでもないです」

「そうか！　だったら詳しい位置の特定でプラス１０００万！　報酬も倍の1億だね！」

急に報酬が二倍に膨れ上がった。

欲を掻いたかもしれんが、相応の危険がつきものだというのならお金は欲しいのだ。

それに1億は成功報酬だから、無理だったらチャラなのである。

そこも加味して、侯爵はチャレンジだけでも報酬を出すと言っているのだった。

わかってるじゃないか、テイスティ侯爵。

隣で大人しく聞いていたポチが割と大きめの溜息を吐いていた。

コレクトは良いぞもっと価格を上げろと翼をバサバサしている。

これは良い流れだ。

デリカシ辺境伯の分もカカオを手に入れて、あとで持って行くことにしよう。

そして、チーズを卸してんだから、今回はテイスティ侯爵を立てて穏便に済ますよう言うのだ。

我ながら完璧な作戦である。

「良いでしょう、やりま――」

「――そんな腑抜《ふぬ》けの優男《やさおとこ》に頼むくらいだったら俺たちの方が良いぜ？」

依頼を受けようと思った時、何者かがいきなり口を挟んできた。

振り返ると、スキンヘッドの筋骨隆々な冒険者がいた。

後ろには三人のパーティーメンバーが控えていて、ニヤニヤと俺たちを見ている。

「えっと、誰ですか？」

「俺たちか？　へへっ」

男は聞いて驚くなよ、と前置きをしながら言う。

「今ストリアでSランクに一番近いと言われている有望株《最強最高群》だ」

うわっ、くっせ。

パーティー名を聞いた瞬間、噴きそうになった。

俺と侯爵が口を開く前に、男は聞いてもいないのに勝手に語る。

「俺はパーティーリーダーのスマイトだ。その美食依頼は俺が受けてやるよ」

「ふむ……聞いたことがないパーティー名だね？」

このギルドに良く足を運ぶ侯爵が聞いたことないって、有望株でも何でもない。

「Aランクに上がって新たにつけ直したパーティー名だからな、へへっ！」

侯爵の言葉にスマイトは黄色い歯を剥き出しにして笑う。

確かに名前の変更は一度解散して組み直せば可能だが、基本はしない。

パーティー名で依頼歴が管理されているからだ。

高ランク帯になれば、如何《いか》にギルドの信頼を勝ち取るかが生命線となる。

それを無視して名前を変えるなんて、まともなAランクはやらないぞ。

「景気づけに高額依頼を探しに来たんだが、面白い話が聞こえてきたもんでな？」

スマイトはさらに続ける。

「俺たちだったら失敗時の経費報酬とか、そんなん抜きにして確実に持って来てやるから、成功報酬のみ三倍で良いぜ？」

「現物を持ってこないと報酬はなしになるのだがね、君たちはそれで良いのかね？」

「良いぜ、見ろよこの筋肉。そこのガリガリの痩せ男より俺らに頼む方が良いだろぉ？」

腕の筋肉をムキッとさせながら、スマイトはとにかく俺を優男だのガリガリだの弱そうだの蔑みつつ、必死にアピールを繰り返していた。

「ちょっと待つし！　さっきから聞いてればお前らなんだし！」

「なんだこのちんちくりん？　従魔は話に口を出すなよ？」

「はあああ!?　失礼な言い草だし！　しかもトウジのことを優男とか痩せ男とかガリガリだとか言って！　確かにヘタレで根性なしでその場のテンションで身を滅ぼすタイプで今朝もそうだったけど、ちゃんと良いところもあるし！」

ジュノーが一気に捲《まく》し立てるが、まったくフォローになっていなかった。

途中から今朝の鬱憤《うっぷん》をそのまま口にしているだけである。

それを聞いたスマイトは大声を上げて笑った。

「ははは！　従魔にそこまでコケにされるって、やっぱこいつダメだぜおっさん？」

おっさんて……。

仮にも侯爵というお偉いさんなわけだが、こいつらはそれを知らないのか？

ストリアの有望株だと言っていたが、やはりめちゃくちゃ胡散臭《うさんくさ》い。

「ってか、あたしらでまとめた条件に乗っかるの卑怯だし！」

「だからその条件じゃなくて良いって言ってるだろ？　俺らは成功報酬だけだぜ？」

ジュノーがさらに言い返そうとした時、侯爵が前に出た。

「確かにそうだね。君たちに三倍報酬で指名依頼を出しておくからもう行って良いんだね」

「よっしゃ！　なら《最強最高群》をよろしく頼むぜ？　へへっ！」

スマイトは話がまとまると「今日は景気づけに飲むかー！」と言いながら仲間の元へ戻っていった。

遠くで「俺の交渉術やべーだろ？」「やべぇよスマイト！」と騒ぐ声が聞こえる中、怒りが治まらないジュノーはスーパーでおもちゃをねだる子供のように空中でバタバタ暴れていた。

「むー！　テイスティは何であんな奴らに依頼しちゃうし！」

「成功報酬で良いと言うのならば、頼むのは常識だがね？」

「だろうね」

侯爵の意見を俺も肯定しておく。

失敗しても痛手がない状況ならば、誰だって依頼するもんだ。

「こういう輩はいんちきも多いが、ダンジョンカカオに関しては偽造は不可能。深淵樹海の中でしか取れず、あのデリカシでさえまだ見たことがないのだからね！」

「デリカシが見たことないなら、テイスティも見たことないんだし？　なんでもない実をカカオだって言われたらどうするし？」

「私には膨大な金と知識、そして鑑定用の道具だってあるのだから問題ないんだね！」

テイスティ侯爵領は、ストリア国土を侵食して来る深淵樹海を阻む位置にある。

伐採しても生えてくる深淵樹海産の木による林業は、彼に巨万の富を約束しているのだ。

だからこそ、多額の資金を元に美食を追求することができるという。

偽物を持ってくる輩も多いので、鑑定用のアイテムには大枚叩いているそうだ。

「だったら良いし……でもムカつくしー！」

「まあ深淵樹海を知らんのなら、勝手に自滅するだろうから落ち着くのだね！」

侯爵に飴をもらって、ジュノーはやっと落ち着きを取り戻した。

「えっと、それじゃあ……こっちの依頼は……？」

「もちろん君にもやってもらうがね！　トウジ・アキノ！」

俺の名前を確認するように告げながら侯爵は言葉を続ける。

「デリカシにクサイヤチーズをもたらしたのはコボルトを連れた一人の冒険者だと聞く。残念ながら名前を教えてもらうことはできなかったが、同じ美食家ならばいつかは巡り合わせがあるだろうと言っていた」

「は、はあ……」

「コボルトを連れた冒険者で美食依頼を受ける物好き、極めつきはデリカシとの繋がり……まさに君が奴の言っていた冒険者ではないかね？」

どうやら俺とポチのことをちらっと耳にしていたようだ。

コボルトを連れた冒険者って、ほとんど俺を名指ししているようなもんである。

「サンダーイールのビリビリひつまぶし、毒を抜いたフグの調理、奴は私に散々自慢してきたんだがね？　非常に悔しいが、それは奴の巡り合わせ。美食とは常に巡り合うか、巡り合わないかであり、今回ようやく私に順番が回ってきたんだね！」

「なるほど……」

「あの頭の悪いパーティーのことは全て忘れて、私は君にカカオを取って来て欲しい！　君なら必ず成し遂げると、私の胃袋が告げているんだね！」

「でもテイスティ、最初は1割増しだってケチってたし」

それな！　そこまで知ってるのに、さらっと最初ケチってたよな？

「ぐっ！　それは確信がなかったからだがね！　だがデリカシと親友だというジュノーの言葉を聞いて確信に変わったんだね！」

しどろもどろで弁明しているが、まあ良いだろう。

報酬は破格だし、デリカシ辺境伯と仲が良いとなれば受けないわけにはいかないのだ。

スマイトたちに先を越されないように頑張ってみようか。


案件がまとまり、去っていくテイスティ侯爵の後ろ姿を見送っていた時だった。

「……零点ね」

未だにギルドの片隅で馬鹿騒ぎしている《最強最高群》のメンバーに冷たい視線を向けながら、イグニールがそう呟いた。

一瞬、俺の交渉が欲を掻き過ぎて零点なのかとヒヤッとしたのは内緒である。

「ストリアの有望株っていうのは嘘だろうな」

「当たり前じゃないの」

思うところがあったのか、イグニールも息を巻く。

成功報酬のみだから、その分色をつけて高額にする受け方なんてギルドは推奨しない。

普通の冒険者だって、失敗した時のことを考えたらやろうと思わないもんだ。

「交渉するなら、逆よ」

俺が侯爵側から提示されたように、継続的な経費の支払いを求めて成功報酬は安くする。

長期になりそうな依頼には、そちらの方が圧倒的に良いのだ。

「大方、食うに困った流れの冒険者でしょ？」

「だろうね」

「お金に困ると誰だって高額依頼に飛びつくものだから」

「……だね」

彼女の言葉に頷いてはいるが、俺も実際５０００万ケテルという数字に飛びついた口だ。

人のことを言えないのだが……まあ彼らに関しては本当にナンセンスだと思う。

「ランクの虚偽は罰則対象だから、彼らがAランクだってことは本当だとしても……周りの冒険者の視線を追ってみても、あれは流れよ、流れ」

言うなれば、パーティーネームのロンダリングのようなもんか。

名前を変えるメリットは、依頼を何度も失敗した時にだけ発生する。

所属するギルドを変えて、そこでパーティーを新たに組んでしまえば、詳しく調べられない限りは問題がないのだ。

名前を変えて、強気の交渉とやらで依頼を受け、失敗したら解散トンズラってのが、スマイトみたいな奴らのやり口だろう。

対策すれば根絶可能かもしれないけど、そこに至るまでの労力を考えると、かなり害悪な行為だが放置せざるを得ない。

解散したら別のギルドに流れていくし、そんな奴らをいちいちギルドは追わないのだ。

「ねえ、あいつらこっちの邪魔とかしてこないし？　大丈夫だし？」

「そうだなあ」

カカオが一つしか存在しない、なんてことが起こったらバッティングするだろう。

争奪戦が始まるのだが、あまり脅威には感じなかった。

「カカオ知らんだろ、そもそも」

どんな見た目をしているのかすらわからない状況だと思う。

そんな状態で闇雲に深淵樹海に入っても、普通に死ぬ未来しか見えない。

「何かあったら逆にスケープゴートにできるから放置で」

俺があいつらの出しゃばりに何も言い返さなかった理由がそれだ。

「初見の大迷宮だし、あいつらに先に行かせる」

俺たちはその動きを観察して、深淵樹海がどう動くのかを見る。

大した囮《おとり》にもならないと思うけどね。

「相変わらずトウジって腹黒いし」

「先にバカにしたのはあいつらだからな？　その場で怒るよりこっちのが良いんだよ」

性格が悪くて結構。

俺は勇者じゃありませんので、万人を助けるつもりは毛頭ないのだ。

身の回りの大切な存在を守るだけで、精一杯とも言う。

「よし、とりあえず重複して受けられる依頼をどんどん受けていこうかー」

侯爵の話でその辺が進んでいないから、今からそれを全部やってしまおう。

再び各自依頼を物色しに行き、俺もコレクトと依頼を探しに行こうとした時、スマイトがスタスタと俺に近づいて来た。

「ようテメェら、交渉の材料に使って悪かったな？」

「いえ、上手くやりましたね」

「へへっ、おかげで三倍報酬の1億5000万ケテルだぜ？」

まったく道楽貴族は金持ちなこったと自信満々の様子だが、イグニールの評価は零点。

余計な恨みを買う必要はないのでそれとなく持ち上げつつ、いつ出発か尋ねてみる。

「いつ依頼に出るんですか？」

「今日中には探索の準備を整えて出るつもりだぜ？」

「随分と急ですね」

大迷宮を舐めているとしか言いようがない。

俺ですら、このあと深淵樹海について色々と調べてみるつもりなのに。

「ここいらでひとつ、俺らの名を轟《とどろ》かせるにはこれしかねぇだろ？」

スマイトは大げさな身振り手振りをしながら続ける。

「まあテメェらがいつ出発かは知らねぇけど、悪《わ》りぃが俺らが先にダンジョンカカオとやらを取っちまうからよ？　無駄足になっちまうかもな！　はっはっは！」

俺の背中をバンバンと叩き、スマイトは仲間の元へ戻っていった。

ふむ、今のでＨＰの減りは1か。

レベル70を超えてるから、それなりにやるタイプなのかなと思ったが弱かった。

完璧に口だけのいきり野郎である。

「へへっ、どうだ？　あの優男に一発かましてやったぜ？」

「出たぜスマイトの皮肉喧嘩売り芸！　やるぅ！」

「結構マジで強く叩いてやったからよ！　今日と明日はもう動けねぇさ！」

「おいおい、いきなり強烈なご挨拶ぅ～！　ぎゃはははっ！」

……あれで強めに叩いたって、マジか。

スケープゴートにすらならないレベルだった。

「よーし、気つけに一発飲んどくか！」

「ストリアの飯は美味いと聞くぜ？　グルメが揃ってんだとよ！」

「ガハハ、金持ちの道楽に付き合うだけの依頼ってのは楽だぜ！」

「おうよ、あんな優男にこなせる依頼なら余裕だろ？」

フィールドワーク前に飲酒まで……救いようのないバカたちだ。

彼らは美食依頼を金持ちの道楽としか考えていないようで、何故そこに大金が支払われるのかまったく考えてない。

カカオなど探せばその辺にあるだろうと思っているんだろうな、大方。

「はあ……とりあえず聞き込みからするか……」

先に行かせて様子を見る作戦は撤回だ。

空いている時間を全て深淵樹海の情報収集に費やした方が良い。

「オン」

溜息を吐く俺の袖をポチが引く。

「何？　ストリアの飯が気になるって？」

「アォン」

確かにそれは俺も気になる。

デリカシ辺境伯と肩を並べるグルメ侯の住むストリアの地。

美味しいものがたくさんある気がした。

◇　◇　◇

結局、スマイトたちがストリア首都を旅立ったのは二日後のことだった。

散々飲んだくれて、ろくに装備の手入れもせずにダラダラと街から出ていく姿は、完全に死んだなこいつらって感じである。

スケープゴート役も期待できないってのに、何故か俺らと日程が被ってしまっているのが微妙に気になった。

面倒の予感しかしない。

さて話は変わるが、ストリア首都から馬車で一日走った場所にあるのがテイスティ侯爵領。

深淵樹海に入る冒険者用のルートは、その一角に存在する。

北と南にももちろん深淵樹海は伸びているのだが、崖地帯だったり大きな湖の存在によって進行を阻まれているそうだ。

逆に言えば、それがストリアまで伸びて来る深淵樹海の浸食を留めていると言える。

北と南の湖と崖に生息する強力な魔物の話はあとにして、一つ面白いものを見つけた。

深淵樹海について、色々と調べている時である。

1杯10万ケテルもする水があることを知った。

そのとんでもなく高価な水の名前は、暁《あかつき》の浄水。

深淵樹海は、様々な生態系や糖樹《とうじゅ》と呼ばれる飴のなる不思議な樹木が存在したり、独特の香りと強い旨味を持ったきのこやそれらを食べて育った良い肉質の魔物がいたりして、世界のありとあらゆる美味いものを内包する大迷宮と呼ばれているそうだ。

その中でも明け方の露《つゆ》を集めた暁の浄水と呼ばれるものは別格。

万病を治療し、そして寿命を延ばす効果を持つとも言われている。

タリアスのバニラと違って、カカオの知名度が圧倒的に低いのは、あらゆる貴族がこの浄水の方に依頼を出しているからだった。

そもそもカカオ以外にも美味いものはたくさんあるので、別にいらんのだ。

で、浄水と聞けば……そうです。

大正義秘薬からその他特殊な装備にまで、様々な用途に使われる俺の必須アイテム。

しかも【神匠】になってから作ることのできるマイスターシリーズには必要不可欠。

職人技能のレベルを上げつつ、個人的に調べたりしていたのだけど、いつまで経っても在処《ありか》がわからずどうしたもんかと思っていたところでこれである。

これは来てる。

大損ぶっこいたあとに、それを回収するかの如く次々と運が向いて来ている。

この流れに乗って必要素材を全て確保するのは重要なことだと思った。

上位装備やさらなる秘薬を作る上で必要な浄水は全部で四つ。

泡沫《うたかた》、暁、白夜《びゃくや》、黄昏《たそがれ》。

白夜は地形的に断崖凍土にあると踏んでいたのだが、なかった。

いったいどこにあるんだ、断崖凍土のさらに先か？

話が逸れたので戻そう、とにかく今はカカオ、竜樹、暁の浄水を求めて、俺たちは深淵樹海に挑む。


「飴ちゃんの木！　飴ちゃんの木！」

「アォン！　アォン！」

「なんだか二人とも元気いっぱいね？」

深淵樹海のまだ森が浅い地域を歩きながら、ジュノーとポチが小躍りしている。

それもそのはず、この二人が甘いものと美味しい食材が揃う場所でテンションが上がらないわけがないのだ。

「はあ……」

「こっちはテンション低いわね……どうしたのよ」

ルンルン気分の二人を尻目に溜息を吐いていると、イグニールが話しかけてきた。

「魔物、食べたくないなって思って」

美味しい食材なのはわかるけど、結局魔物だろ。

見た目ゲテモノっぽい魔物を食べるのにはやっぱり抵抗があるのだ。

「美味しかったら良いじゃないの、ポチの腕は確かよ？」

「そうなんだけど」

調理されて出てくる分には構わないが、調理前を見たくないのである。

リバフィンのえんがわ事件を未だに引きずっていた。

「まあでも食べたことないものを食べるって勇気がいるから、その気持ちはわかるわね」

「イグニールって食べられないものとかあるの？」

「特にないけど、生食に関しては少し抵抗があるかしら？　ほら、火属性だし」

「……？」

火属性、それ関係あるのか？

一瞬ぽかんとしてしまったが、異世界だしそういうことにしておこう。

「アォン！」

「クエッ！」

イグニールと世間話をしながら歩いていると、ポチとコレクトが何かに反応する。

「敵か！」

もしくはさっそくダンジョンカカオのある場所を突き止めたか。

目的のブツは香りが高い。

ポチの嗅覚とコレクトの直感をもってすれば、すぐに見つかるのも有り得ないことじゃない。

場所を覚えたら、先に暁の浄水と竜樹を探して確保し、帰りに取って逃げ帰るのだ……っていうのは冗談で、まだ最深域じゃないからカカオなわけがないのだ。

こんなに簡単に見つかったら、今頃チョコレート天国じゃい。

「アォン！」

「クエッ！」

こっちだよ、と言う二人の案内に従って茂みを覗くと、一面にずらーっと生えるキノコのパラダイスがあった。

「敵かと思ったけど、キノコね？」

「お、おお……お前ら……」

敵かと思ったのにキノコとは、思わず体がわなわなと震える。

「ト、トウジ落ち着いて？　こんなに早く見つかるわけないのよ？」

「トウジ落ち着くし！　甘いものじゃないなら興味ないし！」

何を勘違いしたのか焦るイグニールとジュノーを前に、俺は声を張り上げる。

「――でかした！」

ポチとコレクトが騒いでいたキノコの正体は、限りなく松茸《まつたけ》っぽいキノコである。

いや、これは松茸だ。

勇ましくそそり立つ姿は、それはもう見事な松茸なのである。

でかい！　でかいぞ！

「しかもこんなにいっぱい！　うっはぁっ！」

「……魔物は嫌なくせに、キノコは良いの？　毒があるかもしれないのに」

「……あたし、キノコはぶにぶにしててそこまで好きじゃないし、甘くないから」

テンションを上げる俺に、女性陣は後ろで呆れた表情をしていた。

キノコが甘いわけあるか。

「見ろこれを！」

目の前に広がるキノコの群生地には、これでもかってくらい多種多様な種類があった。

カラフルなキノコや、いかにも毒がありますよって自己主張の強いキノコ。

様々なキノコの中で一際目立った太くそそり立つキノコは間違いなく松茸。

手で触れて確認してみたところ、しっかり松茸だった。

「見てどうなるのよ」

「どうなるし」

「感動するだろうが！」

「「ええ……」」

困惑しているが高級なやつだぞ、これは。

普通はこんなにたくさん生えてないんだぞ、これは。

俺はポチとコレクトがテンションを上げる理由がよくわかる。

「アォーン！」

「クエーッ！」

さらにポチとコレクトは、互いに違う場所で自己主張する。

「……おっ！　本しめじだ！」

ポチの元へ向かうと、本しめじを発見した。

香り松茸、味しめじ、でよく知られる本しめじである。

ポチの料理人としての嗅覚が、美味しいものを見分けているようだった。

ちなみにスーパーで流通しているのはぶなしめじで、本しめじではない。

味も普通で、味しめじのしめじは、この本しめじだけを指すのだ。

「だったらコレクトの場所も気になるなあ！」

あいつは高いものにしか興味がない。

キノコで一番高いものと言えば、アレである。

「うおおおおお！　トリュフだあああああ！」

「クエエエエエ〜ッ！」

ここほれツンツンをしていたので掘ったら出てきた。

ヤバい、深淵樹海最高だ。

キノコを守るために、キノコの魔物がそこら中から俺らに襲いかかってくるのだが、ゴレオが叩き潰しイグニールが燃やすので、俺たちのところまで近寄ることすらできないでいる。

「とんでもないテンションだし……」

「胞子で幻覚とか見てなきゃ良いんだけど……」

「その辺は大丈夫だよ、霧散の秘薬飲んでるからね」

そのまま俺、ポチ、コレクトはキノコを探して突き進む。

松茸を食べることを想像すると、なんだかウキウキしてきた。

「アォーン、アォンアォンアォーン」

ポチなんかは、ずっと小躍りしている。

「アォーン、アォンアォンアォーン」

「楽しそうだな、ポチ」

「アォーン、アォンアォンアォンアォーン」

「……あれ、ポチ？」

依然としてくるくると小躍りを続けるポチであるが、様子が少しおかしかった。

ふらふらと目を回しながらずっとくるくる回り続けている。

「アォ～ン」

「ど、どうした……？」

「オンォンォンォン」

ヤバい、ポチが完全におかしくなっている。

若者言葉で表現するならラリってる、怖い。

「……多分、コボルトマッシュルーム現象のせいじゃないかしら？」

その様子を見ていたイグニールが「しょうがないわね」とポチを抱き上げた。

「コボルトマッシュルーム？」

「ええ、コボルトってキノコが好物なんだけど、その中でも特に香りの強いキノコの臭気に溺れてしまうことがあるのよ」

それをコボルトマッシュルーム現象と言うそうだ。

「へ、へぇ……」

「この様子だと、コボルトマッシュルームそのものが近くにありそうだけどね」

コボルトマッシュルーム現象という名の原因となったキノコ。

それがコボルトマッシュルームなんだそうだ。

猫におけるマタタビみたいな効力を持つらしく、こうなると体から香りが抜けるまでこのままらしい。

「クゥ～ン」

美味しいものを食べた時に、狂乱の如く尻尾を振り回して喜ぶ姿は見たことがある。

だが、目を回した酔いどれポチは初めてだ。

「この松茸っていうのは確かに強い香りで中毒性が高そうだけど……あ、あった。やっぱりコボルトマッシュルームを抱えてたみたいよ」

「アォン！」

抱っこしたポチの手から、見た目がカリフラワーみたいなキノコを奪うイグニール。

ポチは返して返してとそのキノコをせがんでいた。

「ダメよ、癖になっちゃったらあとが辛いわよ？」

「クゥン……」

「こういうのは節度を守って利用しないとダメなの」

「アォン……」

すごく悲しそうなポチは、見ていて痛ましかった。

「イグニール、ポチはいつも頑張ってるし、たまには良いじゃないか」

「甘いもの同盟の時もそうだけど、トウジは周りの人を甘やかすタイプよね？」

「え……」

「お人好しなのはすごく素敵なことだけど、節度は守らないとダメよ？」

「あっ、うん」

イグニールは燃えるような真っ赤な瞳を真っ直ぐ俺に向けるが、お前が言うな。

絶対的な聖母力で甘やかして、業の深い連中をどれだけ作ってきたんだ。

自覚がないって恐ろしい……。

「なんか臭いし！　カラフルなの気持ち悪い！」

しかめっ面でついてくるジュノーは、相変わらずキノコに辛辣《しんらつ》だった。

何故、そこまで嫌うのだろう。

「極彩諸島でカラフルなパンケーキとか食べたことあるだろ？　一緒だよ」

「まったく違うし！　キノコはカラフルでも甘くない！」

……まさかこいつ、カラフルなキノコを甘いものだと誤認して食べたのか？

ここまで嫌う要因は、何らかのトラウマを抱えているとしか思えなかった。

「ジュノー、キノコに恨みでもあるのか？」

「そうね、こんなに嫌う理由って何かしら？」

「見た目が可愛いから頭に載せて飾ってたら、こいつら取れなくなったし」

「ええ、嘘でしょ……」

「マ、マジか……」

これには俺とイグニールも呆れる。

どうやら一時期キノコに寄生されていた時代があったらしい。

だからキノコは嫌いで許せないそうだ。

「何でキノコを頭に載せたんだよ」

「たまに虫とかが載せて着飾ってたから、それを見て真似たんだし」

それ普通に寄生されてるだけのやつ。

ジュノークオリティ、本当に半端ないね。

パンケーキを知ってアホになってしまったのかと思ったが、最初からアホだった。

「とりあえず今日の晩御飯は決まったな、キノコ尽くしだ」

「オン！」

霧散の秘薬を飲んで元に戻ったポチもキノコ料理に賛成している。

ぶなしめじはよく食べていたが、本しめじは食べたことがなかった。

今回は松茸と一緒に、香り松茸味しめじが本当なのか食べ比べしたいところである。

「その他にも焼き松茸、松茸ご飯、いや本しめじも入れた豪華絢爛《ごうかけんらん》キノコ飯……ぐふっ」

トリュフもあるし、キノコシチューも良さそうだ。

あー、お腹空いてきたよ。

「ねえトウジ、魔物を倒してくれてるゴレオの方、結構キツそうよ？」

キノコの天ぷらも良いな、舞茸《まいたけ》も探さないと……。

これだけキノコがあるんだから、絶対探せば見つかるはずだ。

「ねえ、私はゴレオの方を手伝いに行くけど……？」

断崖凍土と違って、深淵樹海は食材の宝庫である。

このままダンジョングルメツアーみたいな感じでも良い気がしてきた。

何事も全力で楽しむことが一番なのだし！

「ちょっと！　あんたたちいつまでトリップしてるのよ！」

「うわっ、な、なに？　どうしたの？」

「さっきからゴレオが魔物相手に大変だから、加勢に行かないとでしょ！」

「あっ、ごめんごめん今行くよ！」

ハッと我に返った俺たちは、うさぎのぬいぐるみ型の大槌を振り回すゴレオの元へ急いで向かうことにした。

「ゴレオ、一人で相手させてごめん！」

今まではキノコの魔物ばかりだったのだが、匂いに惹かれて寄ってきた多種多様な魔物の死骸がゴレオの前に積み上がって山になっている。

俺らが狂乱している間、どれだけ戦い続けてきたのか一目瞭然《いちもくりょうぜん》だった。

「……！」

何か言いたげな表情をしているので、ジュノーに通訳を頼む。

「みんなキノコに当てられ過ぎて、ここが大迷宮だってことを忘れてるってさ」

「これはゴレオと同意見よ、反省しなさいトウジ」

「はい、すいません！」

女性陣の刺すような視線に平謝り。

「……！」

「本来の目的は竜樹とカカオだから、そういうのは目的をこなしてからやろうだってさ」

「はい！　わかりました！」

ごもっともなので、これからは気を引き締めてかかりたいと思います。

いや本当に、ゴレオ一人に押しつけてごめんなさい。

◇　◇　◇

「アォォン！」

「トウジ、ご飯できたわよー」

「ほーい」

コレクトやゴレオと一緒に野営地周りの魔物の梅雨払いを粗方終えたところで、ポチとイグニールの声が聞こえてきた。

楽しみにしていた晩御飯がついに完成したようである。

最近はゴレオに代わってイグニールが料理の手伝いをしてくれていた。

料理の腕が壊滅的なのを自覚しているらしく、少しでもトレーニングをしておきたいらしい。

花嫁修業だろうか？

イグニールももう二十五歳だから、考え始めてもおかしくない時期である。

どこにお嫁に行くのだろう。

その時が来たらパーティーメンバーとしてご祝儀をたくさん渡さないとね。

「う、うおおおおおお……！」

そんなことを考えながら野営地へ戻るや否や、俺は思わず声を上げてしまった。

テーブルの上には、キノコ尽くしの料理が所狭しと並んでいる。

松茸と本しめじの混ぜご飯。

焼き松茸に、松茸入りの茶碗蒸し、本しめじを使った澄まし汁。

今日の晩御飯は、高級御膳ですと言わんばかりのラインナップだった。

キノコのクリームシチューも楽しみだったけど、それは後日に持ち越しである。

いっぱいあっても仕方がないからね。

インベントリがあるとは言っても、食べきれないとわかってるのに大量に作るのは食材への冒涜《ぼうとく》である。

有事の際に備えて牛丼の作り置きはあるが、目的が違うのだよ。

つーか、松茸牛丼ってどうなんだろうな？

松茸に牛丼って組み合わせは最強だと思うのだが、明日の昼飯で出ないかな。

「クエッ」

ちょっとリクエストでもしてみようかと思った時、コレクトが鳴いた。

「オン」

ポチが返事をして、俺の方を見て二人で仲良くサムズアップ。

どうやらコレクトを通じて俺の願望が伝わったようだ。

「ポチィ……コレクトォ……」

おいおいおいおい、お前ら最高かよ。

くそ！　有能過ぎるだろ！　恐ろし過ぎる！

「まったくお前らめ！　お前らめ！」

ポチとコレクトを両手に抱き抱えて、両頬でもふり倒してやった。

そのままもふもふを堪能しつつ、椅子に座っていざ実食だ。

「……トウジ、食べ辛くないの？」

「いや特に？　イグニールも同じような状況だろう？」

俺の正面に座るイグニールの胸元にはジュノーが挟まっていた。

「キノコいやーっ！　やだしっ！」

顔だけ出して悶《もだ》えている。

「やだやだやだっ！　キノコはやだしっ！」

「好き嫌いはダメよ、ちゃんと食べなさい」

キノコを食べたくないジュノーを逃がさないために、胸元に拘束しているらしい。

なんというか、すげぇ力技だった。

イグニールはそこまで大きいわけではないので、ベルトで縛っている。

「トウジ、あなたもよ？」

「え？」

「何かあった時、オークしか食材がなかったらどうするの？」

「……はい」

何故かついでとばかりに俺も叱られた、どうしてだ。

でも極論過ぎると思うけどね？

仮に米や魚が宗教上の理由で禁止されていたとしても、死ぬなら食うだろ。

それしか食べるものがなかったら、それは食うだろ。

「まあいいや、とりあえず手を合わせてください！」

「イグニール！　手を合わせたいけど顔しか出せてないし！」

「両手を自由にしたらあんた逃げ出すでしょ？　服の中で合わせなさい」

「ふぐぅ……ふぐぅ……キノコは、いやぁ……」

か、可哀想に……。

ジュノーはがっくりと項垂れて、自分の運命を受け入れたようだった。

「えっと、いただきますして良いですか……？」

「どうぞ？　さっ、食べましょ？」

なんか今から食べようって空気じゃないんだけど。

でも、ポチの料理だし食べ始めたら美味い美味い言い出すだろうし、気を取り直していこう。

「では手を合わせてください」

『――いただきます！』

「――いただきます？」

みんなで唱和すると、聞き覚えのない声が聞こえた。

なんだなんだと声のした場所を見ると、木の上に誰かが座っていた。

「お前らのその食事、すげぇ美味そうだな？」

灯りを向けると、銀髪の少年が俺たちの食卓を見ながら舌なめずりをしている。

夜の深淵樹海に、唐突に現れた少年の姿には違和感しかない。

しかも気配を悟られずにこんな近くまで来た。

ポチかゴレオが気づくはずなのだが、いつの間に。

「……誰ですか？」

警戒しつつ、謎の少年に尋ねる。

「誰？」

少年は俺の質問に首を傾げながら笑う。

「ここは深淵樹海なんだから、俺様が誰かなんてすぐにわかるだろ？」

「いや、すいません知らないです」

知っていて当然だ、なんて言われても知らないものは知らない。

憮然と言い返すと、少年は言った。

「俺様は横暴のティラン――」

「ティランさんですか、一緒に食べたいなら別に構いませんけど」

「――そして深淵樹海の守護者アビスの一人」

とんでもない一言だった。

「ッ！」

全員、思わず立ち上がって臨戦態勢を取る。

守護者アビス。

ダンジョンコアである暴食のグルーリングが生み出した守護者である。

「その美味そうな食事は、全部深淵樹海で採れた食材を使ってるだろ？」

まるで獲物を狙うように、目をギラギラとさせて舌なめずりをするティランは言った。

「だったら当然……グルーリングのものだから、もらっていくぞ」

深淵樹海に入って間もないというのに、いきなりの敵襲である。

急な展開だが、とりあえず対話を試みることにした。

「……一緒に食べますか？」

今までのダンジョンコアは、食い物繋がりでなんとかやってこれた。

懐柔しよう。ポチの料理で落ちなかった奴はいない。

「一緒に？　馬鹿言うなよ」

俺の思惑に対して、横暴のティランは告げる。

「ここが深淵樹海である限り、決定権はグルーリングにあるぞ？」

「つまりどういうことですか？」

「それもわかんねーの？　バカじゃね？　全部寄越せってことだよ」

言い分はわからんでもないが、言い方に少しムカついた。

横暴という名の通り、本当に横暴な態度である。

こっちが下手に出てりゃ全部寄越せとか……。

「……はあ、でも白ごはんとか調味料とかは俺たちのものですけども」

「そんなの知らねえよ、早く寄越せ」

変わらない態度に、俺は息を大きく吸った。

「いやいや、知らないも何もあなたこそ理解してますかね？　深淵樹海の食材を使ったから全部寄越せって言い分は理解します。でも外から持ち込んだお米とか調味料とか、その他食材に関しては、あなたの主張は通りませんよ？　深淵樹海で採れた食材は全てグルーリングさんのものだってことは承知しました。そのルールに従うつもりはありますので、使ったもの使ってないものをしっかり検討して分配する方が問題ないと思います」

「お……おぉ……？」

俺の言い分に、ティランはやや狼狽《うろた》えていた。

「郷に入っては郷に従えって言葉が俺の故郷にあります。あなたの意見をしっかりを受け止めた上で、じゃあどうしますかってところから話し合いを始めないと二進も三進もいきませんよ。使った分の食材を返せって話ならばわかりますが、こっちも調味料や他の食材を消費してしまっているので、全部寄越せと言うのならあなたの方が間違ってます」

「いや、そういうわけじゃないんだけど……」

ガレー直伝、ワンブレス言い訳。

とにかく相手に喋る暇を与えないで喋り倒し、強引にこちらの要望を押し通す。

横暴には、要望で答えるのだ。

「そうやってイエスかノーかで物事を考えて他を切り捨てにするのはあんまりじゃないですか。とにかく寄越せと言うのなら、森の恵みをいただいた料理なので、ある程度はそちらのものだとして意に沿った形を取りますけども、こっちの調味料や食材も含まれてますのでその分しっかり食べさせてもらわないといけませんし、ちょっと待っててもらって良いですか――」

「――あああああっ！　うるさいな！　いきなりベラベラベラベラ喋りやがって！」

ティランは頭を抱えて木の上で地団駄を踏む。

俺がくっちゃべってる間、食卓についていたみんなは呆れた表情をしていた。

「とにかく美味しいものは全てグルーリングのものだからもらって行くっつってんだ！」

「いや、だからグルーリングさんにお渡しすることはわかりますけど、こっちの食材や調味料はどうするんですか？　そもそも料理を作ったのはポチで、調理代も含めるとどっちかと言えばこっちの損ですから、そっちはかなり得をするのですよ？　その上であなたの言い分を受け入れるんですからね？」

「だああああ！　だから真顔で喋るのやめろ！　ディスペラみたいで怖えから！」

誰だよそのディスペラって。知らない人の名前を出しても、俺は退かないぞ。

まったく、すぐそうやって知らない第三者を出して話を変えるんだから。こっちだって第三者を出して話を続けるぞ。

「こっちだっていきなり全部寄越せだとか、意味のわからないことを言われても……昔いたんですよね、俺のパーティーメンバーに寄生して金の無心をして、それがダメになると今度は俺のところに来るっていう奴らが？　その横暴は断固拒否しましたけど、今回はそっちにも事情があると踏んで譲歩をしているんですよ」

「誰だよ、そいつら！」

「いやこっちこそ、ディスペラって誰ですか？」

「ディスペラは自暴のディスペラだよ」

「自暴……ってことは守護者アビスの一人ですか？」

「うん……って、ちげぇ！　そんな話はしてねぇ！」

「そういう話に持って行ったのはそっちでは？」

「うるせぇ！　まったくとんでもない野郎に巡り合ったもんだぜ……」

ティランは「まあいいや」と一度言葉を締めると、首を鳴らしながら言った。

「その飯、渡さねえなら仕方ねえ」

「いや渡すって言ってるじゃないですか、さっきから」

ティランの表情が変わってから、背筋にゾワゾワとした何かが込み上げてくる。

これはウィンストと初めて戦った時に感じたものに似ていた。

強者を前にして、体が警告を発しているというやつなのだろうか。

「力尽くでも奪わせてもらうぜ？　最初からそのつもりだったしな」

ティランがいよいよ動き出す、と思った瞬間のことだった。

フッと消えたと思ったら、俺の目の前にいた。

ティランの細い腕が俺の首を掴みに来る寸前でゴレオが大槌を振るう。

「──っ」

「……！」

ドォン！　ひえっ。

目の前スレスレをうさぎのぬいぐるみが掠《かす》めていく。

幼く見えるが武器の攻撃力から考えるならレベル１６０相当だろう。

レベル１００装備を身につけた俺でも、まともに受けたらひとたまりもない。

「おっと」

ティランは地面が陥没するほどの振り下ろしを簡単に避けている。

「それ……ずっと見てたけど、ただのぬいぐるみじゃないよな？」

「……」

「うさちゃんは強い？　何言ってんだこのゴーレム。まあいいや粉々にしてやるよ」

「……！」

標的をゴレオに変えて、ティランは拳を握りしめて飛びかかる。

素手対大槌、圧倒的に武器持ちの方が強いはずなのだが……力でゴレオに拮抗《きっこう》し、いや無理やり大槌を殴りつけてゴレオの巨体を弾き飛ばした。

「ゴレオッ⁉」

「硬ぇなおい！　久々に拳が痛くなっちまったよ」

ティランは大槌ごとゴレオを殴り飛ばした拳をひらひらと振りながら、余裕を見せる。

圧倒的な強者の風格だが、ゴレオも負けていなかった。

膂力《りょりょく》で負けて殴り飛ばされても、すぐに体を凝縮させてメイド化し立ち上がる。

「おいおいマジかよ？　ただのゴーレムが平気そうな面して立ち上がるのな？」

「……！」

驚きの声を上げるティランに、真剣な表情をしたメイドゴレオが向かっていく。

ただのゴーレムだって？

今のゴレオは、体内にアマルガムやオリハルコン、アダマンタイトなどの希少鉱石を保有し、レジェンド級を得てルーツであるウーツの純度も増している。

ウーツの回復能力は折り紙つきだぞ。

「話が通じなそうだから俺らも臨戦態勢！」

ティランの口ぶりだと他にも守護者はいるみたいだし、騒ぎを聞きつけて新たに参戦する可能性もあったので、急いでインベントリに料理を入れる。

飯の時間は一旦あとに持ち越して、みんなで武器を構えた。

「……少し本気を出すか」

俺たちの様子を見ていたティランは、また首をコキコキと鳴らした。

首を鳴らせば強くなれるのかって話だけど、ティランは明らかにオリハルコンやアダマンタイトで作られたガーディアンよりも上の強さを持っている。

俺たちの攻撃がどこまで通用するのかはわからないが、オリハルコンガーディアンくらいだったら大量に倒した経験があるんだ。

まったく通用しない、なんてことはないだろう。

「……！」

メイドゴレオがしなやかな動きでティランに突進を仕掛けた。

いつ見ても美しい体のラインは、イグニールとジュノーを模しているらしい。

……いや変なことを考える前にとにかく補助だ。

「クイック！」

突進の最中、ゴレオが急加速。

うさぎのぬいぐるみの耳の部分を持って、一回転しながらティランに叩きつけた。

「うお!?」

ティランは加速した横薙《よこな》ぎの一撃にタイミングをずらされ、咄嗟に腕でガードする。

先程のお返しだ、と言わんばかりにゴレオの一撃はガードごとティランをぶっ飛ばした。

大槌による一撃は脅威だが、その分初動が遅い。

そのデメリットをクイックによって帳消しにすれば、かなりの脅威となる。

「やったし!?」

深淵樹海の丈夫な木々を粉砕しながらぶっ飛ばされるティランの姿を見て、ジュノーがガッツポーツをしていた。

「いや、まだだ！　ポチ！」

「アォン！」

俺はティランが吹っ飛ばされた方角に向かって、ポチにクロスボウを射つように指示する。

全てにおいて肝心なのは初動であり、強そうな奴にはオーバーキルくらいがちょうど良い。

「コレクトチェンジ、ゴクソツ！」

コレクトからゴクソツに切り替えて、生きていた場合の反撃に備える。

どうしようもなかったらキングさんを呼び出すことになるが、頼るのはまだ先だ。

「トウジ、顕現してもらう？」

「いやまだ大丈夫。ポチと一緒に弾幕を頼む」

「了解！」

そう言って詠唱を開始するイグニールの周りに無数の火球が生まれる。

夜の深淵樹海を明るくしながらティランに降り注ぎ、連鎖爆発した。

「まだまだ続けろ！　消し炭になるまでだ！」

「オン！」

「了解！」

死亡の確認は、ドロップアイテムの有無で良い。

とにかく初手は、出せる最大の威力を維持するのみだ。

「てめぇら……」

声が聞こえた。

「てめぇらよおおおお！　痛ぇじゃねぇかよおおおおおおお！」

黒焦げになったティランが雄叫《おたけ》びをあげて飛び上がり、弾幕を避けて接近する。

両腕はへし折れ、身体中に矢が刺さりまくり、恐ろしい見た目をしていた。

そんな状況でも生きている、ということにかなりの恐怖を抱く。

「ゴオオァッ！」

「……！」

前衛であるゴクソツとゴレオが立ちはだかって接近を食い止める。

ゴクソツが一歩前に出て斬馬刀《ざんばとう》を構え、その後ろでゴレオがいつでも殴りに行ける体勢を整える。

「オーガ？　お前召喚師か？　ちっ、オーガは不味いけど、まあいっか」

相対するゴクソツの斬馬刀をひょいと躱《かわ》して、ティランは一言呟くと大きく口を開けた。

「ゴアッ!?」

バクンッ！

少年の姿からは想像できないが、顎が外れた蛇のように大きく開いた口から覗く牙が、装備ごとゴクソツの腕を喰い千切《ちぎ》る。

「ゴァアアアアアアアアアアアアア！」

「ゴクソツ！」

深淵樹海に響くゴクソツの絶叫。

普段の恍惚《こうこつ》の表情ではなく、苦悶に顔を歪めゴクソツは倒れた。

「ふう……生身の魔物を召喚したのが不味かったな？」

腕を食べたティランは、すっきりとした表情でそう告げる。

焦げていた箇所や折れていた腕は元に戻っていた。

どうやら捕食によって回復する能力を持っているようである。

「くっ、ゴクソツ！　待ってろ今すぐ回復させる！」

「無駄無駄無駄。阻害かけてあるからそのまま出血で――ぐはっ！」

「お？」

その時、たまたま回復したティランにゴクソツの反射が発動した。

20％という確率の壁を乗り越えて、ゴクソツはダメージの半分をティランに返す。

「……今だ！　ゴレオ！　スマッシュ！」

「……！」

俺が指示を出す前に大槌を振り上げていたゴレオが、反射ダメージに気を取られているティランに全力で振り下ろした。

「しまっ――」

ドゴォン！

激しく地面が陥没して土煙が舞う。

あれだけのダメージを与えたんだから、さすがに倒れているはずだと思った。

途中で回復していたが、その分のダメージは半分ゴクソツが返した。

俺たちはイグニールのコフリータが照らす中、土煙が収まるまでじっと待つ。

「……ん？」

土煙が収まり、ゴレオの姿が見えてくる。

これで倒れて欲しかったが、心の中ではまだまだ戦いは続くだろうなと思っていた。

しかし、そんな予想とはまったく違う答えが待っていた。

「誰だ……？」

ティランは叩き潰されておらず、長くサラサラとした銀髪をしたメイド服の女性が、片腕でゴレオの攻撃を受け止めていた。

「ディ、ディスペラ……」

ティランの呟き。

ディスペラ、あの女は守護者アビスの一人。

ボロボロのティランに、ディスペラは優しい表情で告げる。

「初動が遅いのは貴方の悪い癖ですよ、ティラン」

「ご、ごめん」

「それで主様の食材を何度逃したと思ってるんですか？」

「だからごめんって……僕、スロースターターだからさ……」

「死んでしまったら次の貴方を作るのにまた材料が必要になるでしょう？」

「うぅ……」

上下関係があるのか、ティランはディスペラの言葉を聞き項垂れる。

ディスペラは溜息を吐きながら俺たちを見据えると言った。

「貴方たちの力は厄介ですね。消えてください」

「ちょ、まっ！」

唐突に告げられたその言葉に、何故かティランの方が焦っていた。

冷静な口調だったので、一応話が通じるかと思い俺は交渉することにした。

「消えても何も申し上げたはずですよ。食材を無断で使ったのは悪かったので、その分はちゃんと分けますすって」

「……？　いやその話ではなく」

ディスペラはにっこりと微笑んで言った。

「主様の元に到達し得る不穏分子はここで排除させていただく、ということですが」

ゾワッ、と悪寒のようなものが背筋を撫でた。

にこやかな表情の裏に、何かとんでもないものを秘めているような感じがした。

「ディスペラ！　僕もいるってば！」

「ええ、わかってますよ」

ディスペラは笑いながら上を指さした。

「ですから、頑張って避けてください」

「ひっ、ひいいいいいいい！」

ティランは脱兎《だっと》の如く逃げていく。

彼を尻目に頭上へ視線を向けると、夜空に紛れて真っ黒な球体が浮いていた。

サンダーソールと戦った時の記憶が蘇る。

空から降ってくる系の攻撃は、とんでもない威力を秘めているものだ。

「では、さようなら」

ストン、と勢いをつけて落ちてくる。

「――キングさん!!」

俺はすぐにキングさんを呼び出した。

「プルァアアアアアアアアアアアアアアアアアアアアアア!!」

ゴクソツと交代で召喚されたキングさんは、図鑑から全てを見ていたのだろう、すぐさま上空から降下する黒球に向かう巨大な水柱を作り上げた。

黒球と水柱が激しくぶつかり、拮抗する。

だが完全に消すことはできないようだった。

正面に佇むディスペラが呟く。

「拮抗しますか……強い従魔ですね？」

「ポチッ！　ゴレオッ！」

悠長に会話をする気はない。

「オン！」

「……！」

キングさんが黒球をなんとかしている間に、ポチとゴレオと俺でディスペラを倒しに行く。

イグニールは、ジュノーの護衛を引き受けながら特大の火球詠唱に入っていた。

「私はキングをサポートするわね」

「頼む！」

黒球がなんとかなれば、キングさんがフリーになる。

これが俺らの最善な動きだった。

「ティランは初動が遅く迂闊なところがありますけど――」

「……⁉」

「キャイン⁉」

ディスペラはとんでもない速さで動きながら、ポチを蹴り飛ばしゴレオを避けて、俺に肉薄する。

クイックを用いたとしても、目で追えないほどの速さだった。

「――私は違いますから」

「ぐっ……！」

首根っこを掴まれ、ギリギリと締め上げながら持ち上げられる。

「一撃でもげるかと思いましたが、素晴らしい耐久力ですね？」

「こ、の……！」

右手に持っていた片手剣で斬りつけるが、体を揺さぶられ攻撃は空を切った。

だったら、と左手に抱える小盾で腕を殴りつける。

ここならば体を揺さぶられても避けようがないはずだ。

「ッ」

ディスペラの表情が一瞬だけ歪む。

攻撃が通った、やったぞ、と思った瞬間。

「ぐはっ!!」

地面に思いっきり叩きつけられた。

ドゴッ！　ドゴッ！　ドゴッ！　ドゴッ！

苛立ちに身を任せるように、ディスペラは俺の頭を何度も何度も地面に叩きつけた。

「う、ぐ……」

「貴方、危険ですね。どれだけの攻撃力をその身に秘めているというのですか？」

「……ぐ、い、言うわけないだろ……バーカ……」

「へえ……意地悪するならこうですよ」

「おげっ！」

腹部に肘で強烈な一撃を落とされ、思わず持っていた剣と盾を手放してしまった。

「ぐうっ！」

なんとか攻撃を止めるため、彼女の腕を掴みへし折ろうとする。

今の俺の攻撃力は、補正込みでだいたい１９１０。

ダメージ＋30％とボスダメージ＋90％、さらには防御無視＋60％もつけている。

攻撃力％の潜在能力がついた剣と盾を手放しても、１５００は堅い。

さらに膂力を表すＳＴＲも1万を超えて、かなりの力を得ているというのに……。

「おや？　威力が弱まりましたね？　武器が良かっただけなんですね？」

ディスペラは余裕の表情だった。

なんだよ、この馬鹿力……びくともしねぇ……。

「とりあえずこれ程の冒険者は脅威です。ここで殺しておきませんと、ね！」

「おごっ！」

横っ面《つら》を蹴られて、とんでもない勢いでぶっ飛ばされる。

ＨＰを確認すると、ギリギリ残っていた。

不滅の指輪が発動するまでもなかったようだが、それは逆に俺の不利を表している。

今までは即死に近い攻撃ばかりを受けていた。

だからこそ、ＨＰ1残しとそのあとの無敵時間の恩恵を受けられたのである。

こうして攻撃に耐えてしまうと、指輪の効果は発動しない。

ＨＰが20％未満の状態から超過するほどのダメージを受けてしまうと、指輪の効果を回避して死ぬ可能性があった。

「ぐっ！」

早く、回復を――。

「させませんよ？」

体勢を立て直し、インベントリからポーションを取り出して〝使用〟する前に、眼前にディスペラの姿が迫っていた。

「しまっ――」

手を弾かれてポーションを叩き落とされ、鋭い爪を持つ彼女の右手が俺の胸に突き込まれる……瞬間だった。

「グルルッ！」

落としたポーションを咥えたポチが、俺とディスペラの間に体を割り込ませる。

「ポチッ!?」

ディスペラの攻撃を背中で受けたポチは、苦痛の表情を浮かべ消えていった。

俺に馬乗りになったディスペラは残虐な表情で言う。

「主人を守って死ぬなんて、良い従魔をお持ちですね」

死んだ……ポチが……？

呆然としながらも図鑑を確認すると、三つあるスロットの一つが空欄になっていた。

「……………………」

歯が欠けそうになるくらい歯軋りしたのは、人生で初めてだった。

握りしめた拳が血で滲むとか、そんな表現があったりするけど。

本当に出るんだな、初めて知った。

「貴方もあのコボルトのあとを追わせてあげましょう」

「……けんな」

鼻で笑いながらディスペラが俺の胴体に貫手を突き刺す瞬間に、ポチが残してくれたポーションを〝使用〟する。

「あらあら？　ポーションが消えましたね？　もう諦めたんですか？」

ディスペラは俺の手元からポーションが消えたことに首を傾げる。

「自暴自棄になるのは、この自暴のディスペラの専売特許ですよ？」

諦めたと受け取ったのか、笑いながら隙だらけになった彼女の顔面に右手を向けてスキルを発動した。

「───ッ!?」

「ふざけんなッ！　斥力！」

不滅の指輪につけた邪竜のスキル。

強制的な斥力によって、ディスペラは大きく弾き飛ばされた。

「自暴自棄になるわけないだろバカ！　受けた痛みは倍返しにすんだよ！」

叫びながら走り、落としていた片手剣と盾を拾って追いかける。

今ならチビをやられたウィンストの気持ちがよくわかった。

ゴレオが死んだ時もそうだったが、やっぱり割り切るのは無理だ。

それも最初からずっと一緒にやってきたポチならばなおさらだ。

「もう一回出ろゴクソツ！」

空いた枠に別のサモンモンスターを召喚する。

「ゴ、ゴァ……」

いたたまれない表情をしたゴクソツは、右肩から先を失ったままだった。

秘薬を渡して全回復させて、ついでにゴレオにも渡しておく。

ゴレオが今まで俺たちのダメージを半分受け持ってくれたのに……。

ちくしょう、それでもポチは一撃か。

ちくしょう、ちくしょう、ちくしょう！

ボスダメの秘薬、幸運の秘薬、その他諸々、攻撃力やステータスを上昇させる秘薬を全て用いてドーピングし、現状の限界値までステータスを盛る。

「引力！」

立ち上がっていたディスペラに向かってスキルを使った。

すぐに斥力に切り替えて揺さぶりをかける。

これは邪竜が勇者を相手に使っていたテクニックだ。

「くっ！　こ、これは……！」

「お前だけは絶対に許さん！」

揺さぶられて立ち上がることすらできなくなったディスペラの顔面をお返しとばかりに力いっぱい殴りつけた。

引力で引っ張ると、起点が指輪のある右手中指となるため、絶対に当たる攻撃なのだ。

「あうっ！」

吹っ飛ぶディスペラに引力を使い、次は片手剣で斬りつける。

肩口をざっくり斬り裂かれ、ディスペラはなんとか反撃しようと小さな黒球を作って俺にぶつけてくるがそんなもんは気にしない。

俺に当たる攻撃は幸運の秘薬によってかなりの確率で反射が発動するのだ。

斥力と引力を連続して使い、ＭＰが湯水のごとく減っていくがそれも無視。

「この、野郎！」

俺が動くよりも絶対にキングさんに任せた方が良かったのに、何故か体が動いた。

正直、後頭部とか顔面とか、めちゃくちゃ痛い。

でも不思議と痛みを感じずに、目の前の女をぶちのめすことにだけ意識が向いていた。

「レガシーちゃん！」

倒れたディスペラの上に馬乗りになってゴクソツとチェンジ。

一日一回という制限がついているが、知らん。

このあと、他のアビスやダンジョンコアが控えているのかもしれないが、それも知らない。

こいつだけは確実に仕留めるために、レガシーちゃんを使う。

「引力！　斥力！　くそっ、もうMP切れか！」

インベントリからポーションを取り出そうとした時、顔面に鋭い痛みが走る。

「散々やってくれましたね。ですが馬乗りになったのは間違いです」

ボコボコになったディスペラの爪が、俺の横っ面を引っ掻いていた。

「ぐっ、う……！」

肉を抉《えぐ》られた痛みで思わず後ろに飛び退く。

相変わらず顔面ばっかり狙って来やがるな、この女。

「MP切れですか？　またまた形勢逆転ですね？」

悠然と立ち上がったディスペラは、俺が落としたポーションを踏み割りながら近寄る。

「ゴーレムは私に勝てませんし、唯一私のスキルを受け止めたスライムキングも力を使い果たしたようですしね？」

言われて目を向けると、キングさんは黒球を受け止めるのに全力を使ったのか、小さなスライムになってイグニールの腕に抱かれていた。

「プ、プルァ……！」

「ダメよ、力を使い果たしたあとなんだから、私が守ってあげる」

本人は嫌がって身を捩《よじ》るが、イグニールが潰れるくらい抱きしめて放さない。

その状態のまま、イグニールが杖に目くばせしつつアイコンタクトしてきた。

どうやら隙を作ったら顕現させて加勢に回るつもりのようだった。

少しだけディスペラと睨み合いをして、俺は首を横に振る。

「……大丈夫。もうこいつは死ぬ」

「死ぬ？　それは貴方たちの方ですが？　かなりダメージを受けてしまいましたが、その辺にあるものを食えば体力はいつでも――ぐふっ⁉」

俺の言葉に言い返した瞬間、彼女はガクンと膝から崩れ落ちた。その姿を見ながら俺は告げる。

「いや死ぬ、確定な」

「な、何をしたんですか……？　ぐふっ」

「教えるわけないだろバカが」

馬乗りの時にグループに突っ込んで彼女のレベルとＨＰを確認した。

ディスペラのレベルは１５０、ＨＰは今までの攻撃で半分を切っていた。

つまり、残り五分でこいつは死ぬ運命である。

「呪いだ呪い、俺は呪術の天才だからな」

まともに教えるわけがない。

後ろに控えるダンジョンコアに、俺のことを脅威だと思ってもらうのだ。

「……これほどの呪術なのに、怨嗟《えんさ》の鎖の匂いは感じませんでしたが？」

「ああ、そいつは俺がぶっ倒したよ」

「……なに？」

実際にダメージをもらっているからか、勝手に勘違いして目を剥く。

適当な返事だったが、別に嘘は言っていない。

実際に裏技みたいなことをやって、怨嗟の鎖を倒したのは事実だからだ。

「形勢逆転だって？」

回復の秘薬を〝使用〟しながら話しかけて時間を稼ぐ。五分、五分間耐えれば俺たちの勝利だ。

「俺のＨＰはこれで全快だ。もう諦めろ」

「悪あがきは無意味、ということですか？」

「そうだよ」

下手に何かされても困るから、大人しく死ね。

ＭＰも回復しておいて、何か食べようとしたら斥力と引力で拘束する。

ポーションを奪いに来たとしても、逆に絶望に叩き落としてやるのだ。

レガシーちゃんは、アンチポーション効果も持っているのだからね。

「ポチを殺した罪はでかいぞ……まあ、二十四時間後に復活するけどな」

「死なない従魔？　本当に貴方はいったい何者ですか？」

「何でも良いだろ」

それでも、殺された瞬間を思い出すと胸が張り裂けるように痛かった。

復活するとわかっていても、だ。

正攻法で滅多打ちにできず、こうして反則技に頼るしかないのが歯痒《はがゆ》い。

やり直しが利かない場面なら、手遅れになるかもしれない。

「そうですか……こちらの質問に答えるつもりはないみたいですね……」

でもこれだけは教えてください、と彼女は観念したように尋ねる。

「貴方たちは、主様……グルーリング様の元へ向かうつもりですか？」

「うん、やられたらきっちりやり返すぞ」

交渉してたところを反故《ほご》にしたのはそっち側だ。

ここまでやられて、ダンジョンコアだからと許すつもりは毛頭ない。

日を跨いで、どこかでレガシーちゃんを使って暗殺する。

「へぇ……やはり脅威でしたか……ウフフフフフ――」

「ん？」

唐突にディスペラの様子が変わった。

レガシーちゃんの割合ダメージによってもうじき死ぬ状況で、何だこの気味の悪さは……。

「ウフフフ、ウフフフフフフ――」

「プルァッ！」

「トウジ！　キングっちが早くとどめを刺せって言ってるし！」

「え？　でももうすぐ死ぬよ？」

「プルァッ！」

「いいから早くしろって、早くトウジ！」

「わ、わかった！　ゴレオ！」

キングさんがそう告げるのならば仕方ない。

俺とゴレオでとどめを刺そうと武器を構えた瞬間のことだった。

「私は、自暴のディスペラ……この意味は、お分かりですね？」

「はあ？」

ディスペラが何か言った瞬間、彼女の体の一部がボトボトと崩壊した。

崩壊していく体の中心にと、黒い球体が現れる。

「主様の敵は、私の命を賭《と》してでも排除します。私は必要経費です」

必要経費、この言葉をトリガーとして黒い球体が爆発した。

間近で起こった黒い波動に俺たちはどうすることもできない。

「プルァアアアアアアアアアアアアアアア!!」

唯一油断せずに構えていたキングさんだけが、イグニールの腕から飛び出して、俺たちの前で力を振り絞って体を薄く広げて壁を作る。


——ドゴォォォォォン!

夜の深淵樹海に巨大な爆発音が轟いた。

◇　◇　◇

ブラックアウトした意識が、一瞬だけ蘇る。

月が近く見えるのは、どうやら空の上をとんでもない速さで飛んでいるかららしい。

そうか……あの爆発で吹き飛ばされたのか……。

記憶を辿ると、最後に見たものが頭に浮かぶ。

『トウジ——!』

ギリギリの最中に伸ばされるイグニールの手、俺も伸ばしたけど掴めなかった。

ああ、また……やってしまった。
身一つで空中に投げ出されて、薄れゆく意識の中で思う。
油断せずにいこうと心がけたはずだった、それなのに。
どうしていつもこうなってしまうのか……。
かなりの距離を飛ばされているが、俺はこのあとどうなるんだろう。
イグニールも、ジュノーも、他のみんなも。
守るために強くなりたかった。でも、失敗ばかりが重なっている。
「うっ……」
情けなくて、涙が出そうだ。
『——まだ諦めるな、投げ出すな』
緊張の糸が解けて視界が朦朧《もうろう》とし始め、暗闇に呑まれつつある中、声が聞こえた。
『我がいる——』
強くて優しい、そんな声だった。

装備製作系チートで異世界を自由に生きていきます
1～2
原作：tera
漫画：満月シオン
22万部突破！
シリーズ累計
（電子含む）
もふもふ召喚獣《ペット》と楽しい生産ぐらし！
大好評発売中！
他人の召喚に巻き込まれ、異世界に来てしまった青年・トウジ。厄介者として王城を追い出され、すべてを諦めかけたその時目に入ったのは――ステータス画面!? なんとやり込んでいたネトゲの便利システムが、この世界でトウジにだけ使えるようになっていたのだ。武具の強化にモンスター召喚……スキルを駆使して異世界を満喫する気まま系冒険ファンタジー、ここに開幕！
◎B6判　◎各定価：748円（10%税込）
Webにて好評連載中！
アルファポリス 漫画
検索

月が導く異世界道中
Tsukiga Michibiku Isekai Dochu
あずみ圭
Azumi Kei
1~17
8.5
シリーズ累計200万部の超人気作！（電子含む）
TVアニメも
大好評!!

僕だけが作れる
奇跡の作物で
不毛の領地を大復活！

辺境の貧乏貴族家に転生した少年・ウィン。彼は生まれながらにして自分だけの農場に出入りできる特別なスキルを持っていた。そんなウィンの家が治める領地は、塩害や砂漠化で作物が育たない不毛の地。しかし、彼の農場でとれた不思議な作物を植えると、領内の砂漠は瞬時に緑化し、食料事情はみるみる改善していく。ところが、他国と内通して魔法の力を行使したとのあらぬ疑いをかけられてしまい……

◉定価：1320円（10%税込）　ISBN 978-4-434-29624-6　◉illustration：LLLthika

ひょんなことから異世界に転生し、皇帝の101番目の庶子として生まれたクリスティーナ。10歳にして辺境貴族の養子とされた彼女は、ありふれた不幸の連続に見舞われていく。ありふれた義親からのイジメ、ありふれた家からの追放、ありふれた魔獣ひしめく森の中に置き去り、そしてありふれた絶体絶命。ただ一つだけありふれていなかったのは——彼女のレベルが782で、無自覚に人類最強だったこと。それに加えて、猫の魔物ケットシーさんに異常に懐かれているということだった。これは、転生幼女とケットシーさんによる、やりたい放題でほのぼのとした(時折殺伐とする)、異世界冒険物語である。

●定価:1320円(10%税込) ISBN 978-4-434-29630-7 ●illustration:nyanya

この作品に対する皆様のご意見・ご感想をお待ちしております。

おハガキ・お手紙は以下の宛先にお送りください。

【宛先】

〒150-6008東京都渋谷区恵比寿4-20-3恵比寿ガーデンプレイスタワー8F
（株）アルファポリス　書籍感想係

メールフォームでのご意見・ご感想は右のＱＲコードから、
あるいは以下のワードで検索をかけてください。

アルファポリス　書籍の感想　検索

ご感想はこちらから

本書はWebサイト「アルファポリス」（https://www.alphapolis.co.jp/）に投稿されたものを、改題、改稿、加筆のうえ書籍化したものです。

装備《そうび》製作系《せいさくけい》チートで異世界《いせかい》を自由《じゆう》に生《い》きていきます 9

tera　著

2021年11月30日初版発行

編集－和多萌子・藤井秀樹・宮田可南子
編集長－太田鉄平
発行者－梶本雄介
発行所－株式会社アルファポリス
〒150-6008東京都渋谷区恵比寿4-20-3恵比寿ガーデンプレイスタワー8F
TEL 03-6277-1601（営業）03-6277-1602（編集）
URL https://www.alphapolis.co.jp/
発売元－株式会社星雲社（共同出版社・流通責任出版社）
〒112-0005東京都文京区水道1-3-30
TEL 03-3868-3275
イラストー三登いつき
URL https://www.pixiv.net/member.php?id=4528116
デザインーAFTERGLOW
印刷－中央精版印刷株式会社

価格はカバーに表示されてあります。

落丁乱丁の場合はアルファポリスまでご連絡ください。

送料は小社負担でお取り替えします。


ISBN978-4-434-29502-7 C0093